ANTOLOGÍA
DE LA POESÍA
HISPANOAMERICANA

José María Gómez Luque

toExcel

San Jose New York Lincoln ShangHai

ALBA

Antología de la Poesía Hispanoamericana

For information address:
iUniverse.com, Inc.
620 North 48th Street
Suite 201
Lincoln, NE 68504-3467
www.iUniverse.com

ISBN: 1-58348-802-2

Printed in the United States of America

ÍNDICE

Pág.

Introducción 7
Bibliografía general 9

1. La poesía precolombina 11

2. La poesía colonial 17
   Francisco de Terrazas 18
   Mateo Rosas de Oguendo 19
   Alonso de Ercilla y Zúñiga 20
   Bernardo de Balbuena 22
   Sor Juana Inés de la Cruz 23
   Manuel José de Lavardén 27

3. Hacia el modernismo 28
   Andrés Bello 29
   José Hernández 30
   Gertrudis Gómez de Avellaneda 32
   José Martí 33

4. El modernismo 35

José Asunción Silva   36
Rubén Darío   38
Amado Nervo   43
Leopoldo Lugones   45
Julio Herrera y Reissig   46
José Santos Chocano   48

5. La poesía del siglo XX: 1915-1980   49

ARGENTINA

Ricardo E. Molinari   50
Jorge Luis Borges   51
Juan Gelman   56

BOLIVIA

Óscar Cerruto   58
Alcira Cardona Torrico   59
Pedro Shimose   61

COLOMBIA

León de Greiff   65
Álvaro Mutis   67
Juan Gustavo Cobo Borda   70

COSTA RICA

Isaac Felipe Azofeifa   72
Virginia Grüter   74
Alfonso Chase   75

CUBA

Nicolás Guillén   77
José Lezama Lima   83
José Ángel Buesa   85

CHILE

Gabriela Mistral 88
Vicente Huidobro 91
Pablo Neruda 95

ECUADOR

Jorge Carrera Andrade 101
Rafael Díaz Icaza 104
Fernando Cazón Vera 105

EL SALVADOR

Claudia Lars 107
Rogue Dalton García 110
David Escobar Galindo 112

GUATEMALA

Miguel Ángel Asturias 115
Luis Cardoza y Aragón 118
Otto René Castillo 119

HONDURAS

Claudio Barrera 121
Óscar Acosta 124
Tulio Galeas 125

MÉXICO

José Gorostiza 126
Octavio Paz 129
José Emilio Pacheco 134

NICARAGUA

Pablo Antonio Cuadra 137
Ernesto Cardenal 140
Beltrán Morales 145

PANAMÁ

Ricardo Miró 146
Humberto Ramos Maruba 148
Agustín del Rosario 150

PARAGUAY

Hérib Campos Cervera 151
Elvio Romero 153
Guido Rodríguez Alcalá 157

PERÚ

César Vallejo 158
Carlos Germán Belli 163
Jorge Pimentel 167

PUERTO RICO

Luis Palés Matos 169
Julia de Burgos 173
Iván Silén 174

REPÚBLICA DOMINICANA

Manuel del Cabral 176
Antonio Fernández Spencer 179
Miguel Alfonseca 180

URUGUAY

Juana de Ibarbourou 182
Mario Benedetti 184
Cristina Peri Rossi 186

VENEZUELA

Miguel Otero Silva 188
Vicente Gerbasi 189
Luis Alberto Crespo 190

6

INTRODUCCIÓN

La realización de cualquier antología supone un ejercicio de reflexión y de selección. Cuando el marco geográfico que la limita es tan amplio como el caso que nos ocupa, y cuando la riqueza literaria es tanta, el resultado, necesariamente, pasa por la postergación de autores y obras de calidad.

La presente obra pretende dar un repaso rápido a la historia de la poesía hispanoamericana. De aquí que no aparezcan autores que gozan de una bien merecida fama en sus respectivos países; las necesidades editoriales y los límites impuestos por la lógica imponen una estrecha selección.

Aunque formalmente no esté así realizada, la antología se ha confeccionado teniendo en cuenta los tres grandes períodos artísticos resultantes de la historia hispanoamericana: la literatura precolombina, la colonial (del siglo XVI al XIX) y el siglo XX).

De la literatura precolombina que se conserva hemos tomado unos pocos de los poemas más representativos para ver cuál era su orientación primordial. Tras la llegada de los conquistadores, los mayas, aztecas y náhuatl continuaron escribiendo, pero esos poemas carecen de la frescura y belleza que se encuentran en los más primitivos.

El dominio hispano se extendió al ámbito cultural. Durante este período los autores tienen a España como inevitable marco referencial. A pesar de ello surgen voces de una fuerza y calidad indudables que duran hasta hoy (véase, por ejemplo, la obra de Sor Juana Inés de la Cruz). Los lugares de nacimiento y muerte, en unos momentos de cambio continuo, tienen la importancia de lo anecdótico; sin embargo, hemos creído conveniente incluirlos. Mención especial merece la aparición en la antología de Alonso de Ercilla: su doble condición de soldado y poeta español no le impidió realizar un libro que es tomado por un buen número de poetas como la principal obra épica americana.

A partir del Modernismo, las diferencias nacionales se hacen tan acusadas que aconsejan tratar cada país por separado. Nos hemos fijado el número de tres poetas por nación, respondiendo a tres momentos generacionales distintos. Salvo casos muy concretos (Chile, por ejemplo) en los que la calidad de tres autores concretos se impone a cualquier otro criterio, la selección obedece a razones de representatividad en un momento determinado.

Cada período o poeta va precedido de una brevísima introducción cuya única función es la de dar unas pinceladas que aproximen al lector a los poemas que se va a encontrar. Obviamente, autores como Pablo Neruda o César Vallejo necesitan de un espacio mucho mayor para dar cuenta de sus rasgos poéticos, pero nuestro planteamiento inicial es divulgativo. El lector interesado en un escritor en concreto puede recurrir a la bibliografía para profundizar en él. Quizás sea ésta la intención última de la antología: abrir nuevas puertas que conduzcan a la lectura y conocimiento de la poesía hispanoamericana.

8

BIBLIOGRAFÍA GENERAL

BOSCH GIMPERA: *La América precolombina,* Barcelona, 1975.
BAJARLIA, J. J.: *El vanguardismo poético en Amércla y España,* Buenos Aires, 1957.
CARILLA, E.: *El gongorismo en Amércia,* Buenos Aires, 1946; El Romanticismo en la América hispánica, Madrid, 1967.
CORVALAN, O. *Modernismo y Vanguardia. Coordenadas de la literatura hispanoamericana,* Nueva York, 1967.
FERRO, H.: *Historia de la poesía hispanoamericana,* Nueva York, 1964.
FLORIT, E., y OLIVIO, J.: *La poesía hispanoamericana desde el Modernismo,* Nueva York, 1968.
GARIBAY, A. M.: *Historia de la literatura náhuatl,* México, 1979.
HENRIQUEZ UREÑA, M.: *Breve historia del Modernismo,* México, 1962.
MENENDEZ Y PELAYO: *Historia de la poesía hispanoamericana,* Madrid, 1948.
PICÓN SALAS, M.: *La literatura de la independencia americana,* Buenos Aires, 1964.
PERUS, F.: *Literatura y sociedad en América Latina: el Modernismo,* México, 1976.
SAZ, A. del: *La poesía hispanoamericana,* Barcelona, 1948.
SCHULMAN, I. A.: *Génesis del Modernismo,* México, 1968.
SERRA, E.: *Poesía hispanoamericana. Ensayos de aproximación interpretativa,* Santa Fe, 1964.
TORRE, G. de: *Literaturas europeas de vanguardia,* Madrid, 1925.
VIDAL, H.: *Literatura hispanoamericana e ideología liberal: surgimiento y crisis,* Buenos Aires, 1976.
SODI, M. D.: *La literatura de los mayas,* México, 1964.
YURKIEVICH, S.: *Fundadores de la nueva poesía latinoamericana,* Barcelona, 1971.

1. LA POESÍA PRECOLOMBINA

De todo el mundo es conocido el gran desarrollo en el que se encontraban un buen número de culturas americanas a la llegada de los conquistadores hispanos. Lógicamente, la poesía no podía ser una excepción, y así, a pesar de los avatares históricos (1), han llegado a nuestros días colecciones de poemas de las tres civilizaciones más desarrolladas: náhuatl, maya y quechua.

La poesía precolombina, en su mayor parte lírica, estaba reservada a acontecimientos festivos y religiosos. Era, por tanto, un vehículo de comunicación de los hombres entre sí y de éstos con la divinidad. El carácter popular hace que la distancia que separaba las tres civilizaciones referidas no fuera un obstáculo a la hora de compartir rasgos estilísticos. La casi totalidad de lírica popular, de transmisión oral, posee un par de características comunes: la repetición en todas sus formas (estribillos, anáforas, paralelismos, etc.) y la simplicidad sintáctica, orientada preferentemente hacia la yuxtaposición. Ambas líneas poéticas son compartidas también por los poemas que nos ocupan.

_____

(1) La persecución de las culturas autóctonas llevó a muchos conquistadores y personas ilustres —el propio Felipe II— a prohibir o confiscar cualquier manifestación indígena.

1.1. POESÍA NÁHUATL

Para los antiguos mexicanos la poesía era un elemento de vital importancia en sus relaciones con la divinidad. De ahí que sea la literatura de la que conservamos un mayor número de obras. La búsqueda de la perfecta armonía hace que los poemas estén cuajados de aves, ríos, plantas y piedras de una belleza singular y un cromatismo muy llamativo. Por tanto, junto a los citados más arriba, el recurso expresivo más utilizado en esta poesía es la metáfora.

La fecha de composición de los textos se fija en torno al siglo XV.

> *¡Esmeraldas son: turquesas*
> *tu greda y tus plumas,*
> *oh dador de la vida!*
> *Dicha y riqueza de los príncipes*
> *es la muerte al filo de la obsidiana,*
> *la muerte en la guerra.*
>
> *¡He de dejar las bellas flores,*
> *he de bajar al reino de las sombras,*
> *luego, por breve tiempo,*
> *se nos prestan los cantos de hermosura!*

Buscan los cantores para el sol flores de brotes,
se esparce el rojo elote:
sobre las flores parlotean, se deleitan y hacen felices
[a los hombres.
Sobre las juncias de Chalco, casa del Dios,
el precioso tordo gorjea, el tordo, rojo cual el fuego,
sobre pirámides de esmeraldas canta y parlotea el ave
[quetzal.
Donde el agua de flores se extiende,
la fragante belleza de la flor se refina con negras, ver-
[decientes

12

flores, y se entrelaza, se entreteje,
dentro de ellas, canta, dentro de ellas gorjea el ave
[quetzal.

No acabarán mis flores,
no cesarán mis cantos.
Yo cantor los elevo,
se reparten, se esparcen.
Aun cuando las flores
se marchitan y amarillecen,
serán llevadas allá,
al interior de la casa
del ave de plumas de oro.

1.2. POESÍA MAYA

Sus profundos conocimientos de astronomía y matemáticas sitúan a los mayas en un lugar de privilegio dentro de las culturas precolombinas. La diversidad de idiomas y la falta de estudios rigurosos hacen que la producción literaria de parte de Centroamérica y Yucatán —zonas de la cultura maya— sea muy difícil de abordar.

Poneos vuestras bellas ropas;
ha llegado el día de la alegría;
peinad la maraña de vuestra cabellera;
poneos la más bella

de vuestras ropas; poneos vuestro bello calzado;
colgad vuestros grandes
pendientes en los pendientes de vuestras orejas;
[poneos
buena toca; poned los galardones

13

de vuestra bella garganta; poned lo que enroscáis y
reluce en la parte rolliza de vuestros brazos.
Preciso es que seáis vista
como sois, bella cual
ninguna, aquí en el asiento
de Dzitbalché pueblo. Os amo,

bella señora. Por esto
quiero que seáis vista en verdad
muy bella, porque
habréis de pareceros a la humeante
estrella; porque os deseen hasta
la luna y las flores de los campos.
Pura y blanca es vuestra ropa, doncella.
Id a dar la alegría de vuestra risa;
poned bondad en vuestro corazón, porque hoy
es el momento de la alegría de todos los hombres
que ponen su bondad en vos.

Tristísima estrella,
adorna los abismos de la noche:
enmudece de espanto en la casa de la tristeza.
Pavorosa trompeta suena sordamente
en el vestíbulo de la casa de los nobles.
Los muertos no entienden, los vivos entenderán.

1.3. POESÍA QUECHUA

Los incas lograron formar el mayor imperio conocido en la América del siglo XIV —desde el Ecuador hasta el norte de Chile—. La lengua quechua fue uno de los elementos más importantes en el proceso de unificación.

El halo mítico que adornó siempre la cultura inca dio como resultado una literatura basada casi siem-

14

pre en lo legendario. Sin embargo, el tema amoroso y los que tienen que ver con la vida cotidiana, fundamentalmente la agricultura, no están ausentes de una poesía que nos ha llegado sólo a través de la transmisión oral (2).

Óyeme,
tú que permaneces
en el océano del cielo
y que también vives
en los mares de la tierra,
gobierno del mundo,
creador del hombre.
Los señores y los príncipes,
con sus torpes ojos
quieren verte.
Mas cuando yo pueda ver,
conocer y alejarme,
y comprender,
tú me verás
y sabrás de mí.
El Sol y la Luna,
el día y la noche,
el tiempo de la abundancia
y del frío están regidos
y al sitio dispuesto
y medido llegará.
Tú, que me mandaste
el cetro real,
óyeme
antes de que caiga
rendido y muerto.

---

(2) A pesar de la perfecta organización política y social del floreciente imperio, los incas no conocían la escritura.

¿Dónde, paloma, están tus ojos,
dónde tu pecho delicado,
tu corazón que me envolvía en su ternura,
tu voz que con su encanto me embriagaba?

Con regocijada boca,
con regocijada lengua,
de día
y esta noche llamarás.
Ayunando
cantarás con voz de calandria,
y quizá
en nuestra alegría,
en nuestra dicha,
desde cualquier lugar del mundo,
el creador del hombre,
el Señor Todepoderoso,
te escuchará.
¡Jay!, te dirá;
y tú,
donde quiera que estés,
y así para la eternidad,
sin otro señor que él
vivirás, serás.
Ten piedad de mis lágrimas,
ten piedad de mi angustia.
El más sufrido
de tus hijos,
el más infortunado
de tus siervos
te implora con sus lágrimas.
Manda, pues, el milagro
de tus aguas,
manda, pues, la merced
de tus lluvias
a esta infeliz criatura,

16

a este vasallo
que creaste.

2. LA POESÍA COLONIAL

Durante los siglos XVI, XVII y XVIII la situación de la América conquistada es de total sometimiento a las directrices que se marcan en la Península. Desde un punto de vista económico, Hispanoamérica servía exclusivamente para insuflar nuevos bríos a las maltrechas arcas del decadente imperio español. La situación social viene determinada por la consideración del indígena como un animal de carga sin alma ni el menor ápice de inteligencia. El sistema político, basado en los virreinatos, desemboca con gran celeridad en corruptelas de la más diversa índole.

En este contexto, ni el mestizaje ni el intento dignificador de una minoría eclesial pudieron crear las condiciones necesarias para un desarrollo artístico libre y autónomo. Así, la poesía que se escribe desde el descubrimiento hasta la independencia participa de los rasgos de la literatura española. Las personas que sabían leer y escribir eran eclesiásticos o pertenecían a una clase social muy alta; en cualquiera de los dos casos, sus relaciones con la cultura española tenían que ser estrechísimas.

A continuación damos una breve muestra de la poesía colonial, dando por sentado que faltan muchos autores; pero nuestro propósito se limita a mostrar una pequeña selección de lo que dieron de sí esos siglos (3).

_____

(3) La poesía indígena, marginada de los círculos artísticos, mantiene las líneas que vimos en el apartado anterior e incorpora el tema de la conquista.

17

FRANCISCO DE TERRAZAS
(México, 1525?-1600?)

Poeta plenamente renacentista —influido por Gutierre de Cetina—, toca todos los temas petrarquistas y platónicos propios del siglo XVI en las formas métricas y naturalizadas por Garcilaso de la Vega. Dos detalles: fue el primer poeta hispanoamericano de nombre conocido; su fama llegó al mismo Cervantes, que le cita en *La Galatea*.

SONETO

*Soñé que de una peña me arrojaba
quien mi querer sujeto a sí tenía,
y casi ya en la boca me cogía
una fiera que abajo me esperaba.*

*Yo, con temor, buscando procuraba
de dónde con las manos me tendría,
y el filo de una espada la una asía
y en una yerbezuela la otra hincaba.*

*La yerba a más andar la iba arrancando,
la espada a mí la mano deshaciendo,
yo más sus vivos filos apretando...*

*¡Oh mísero de mí, qué mal me entiendo,
pues huelgo verme estar despedazando
de miedo de acabar mi mal muriendo!*

A UNA DAMA QUE DESPABILÓ
UNA VELA CON LOS DEDOS

*El que es de algún peligro escarmentado,
suele temerle más que quien lo ignora;*

18

por éso temí el fuego en vos, señora,
cuando de vuestros dedos fue tocado.

Mas, ¿vistes qué temor tan excusado
del daño que os hará la vela agora?
Si no os ofende el vivo que en mí mora,
¿cómo os podrá ofender luego pintado?

Prodigio es de mi daño, Dios me guarde
ver al pabilo en fuego consumido,
y acudirle al remedio vos tan tarde:

Señal de no esperar ser socorrido
el mísero que en fuego por vos arde,
hasta que esté en ceniza convertido.

MATEO ROSAS DE OQUENDO
(? 1559-México, 1621?)

Lo que más llama la atención de este poeta es su
uso de los romances para satirizar los vicios y cos-
tumbres de los habitantes de Lima.

¡Oh qué de cosas he visto.
si todas han de contarse
en este mar de miserias
a do pretendo arrojarme!
¡Qué de casas hoy cerradas
y sus dueños en la calle!
¡Cuántos despiertos dormidos,
cuántos duermen sin echarse;
cuántos sanos en unciones,
cuántos galos sin curarse;
cuántos pobres visten seda,
cuántos ricos cordellate;

19

cuántos ricos comen queso,
cuántos pobres cenan aves;
cuántos pobres se almidonan,
cuántos ricos sin lavarse;
cuántos pies sin escarpines,
y cuántas manos con guantes!

¡Cuántos se pasean a mula
que pudieran apearse;
cuántos padres, ay, sin hijos,
cuántos huérfanos con padres;
cuántos huérfanos se ahitan
cuántos hijos mueren de hambre;
qué de cantos de sirenas,
qué de incautos navegantes;
qué de flotas anegarse,
qué de Caribdes y Zilas;
cuántas aguas del olvido
y cuántos ríos Jordanes;
cuántos triacos venenos,
cuántos venenos suaves!

ALONSO DE ERCILLA Y ZÚÑIGA
(Madrid, 1533-1594)

Su azarosa vida le lleva a participar en la guerra contra los indios araucanos. De su encuentro con los pobladores de Chile surge la más interesante epopeya americana, *La Araucana.* Los guerreros indígenas están adornados en la obra de las cualidades de los mejores españoles. Quizás el autor trataba de ensalzar a los conquistadores elevando la categoría de sus rivales, pero, de cualquier forma, la obra de Alonso de Ercilla supone un inevitable punto de referencia en la poesía hispanoamericana: Pedro de Oña y

20

Pablo Neruda, entre otros muchos, han recreado su ambiente épico.

Yo soy Caupolicán, que el hado mío
por tierra derrocó mi fundamento,
y quien del araucano señorío
tiene el mando absoluto y regimiento;
la paz está en mi mano y albedrío
y el hacer y afirmar cualquier asiento,
pues tengo por mi cargo y providencia
toda la tierra en freno y obediencia.

Soy quien mató a Valdivia en Tucapelo,
y quien dejó a Purén desmantelado;
soy el que puso a Penco por el suelo,
y el que tantas batallas ha ganado;
pero el revuelto ya contrario cielo,
de vitorias y triunfos rodeado,
me ponen a tus pies a que te pida
por un muy breve término la vida.

Cuando mi causa no sea justa, mira
que el que perdona más es más clemente,
y si a venganza la pasión te tira,
pedirte yo la vida es suficiente;
aplaca el pecho airado, que la ira
es en el poderoso impertinente;
y si en darme la muerte estás ya puesto,
especie de piedad es darla presto.

No pienses que aunque muera aquí a tus manos,
ha de faltar cabeza en el Estado,
que luego habrá otros mil Caupolicanos,
mas como yo ninguno desdichado;
y pues conoces ya a los araucanos,
que dellos soy el mínimo soldado,

21

tentar nueva fortuna error sería,
yendo tan cuesta abajo ya la mía.

BERNARDO DE BALBUENA
(Valdepeñas, 1568-San Juan de Puerto Rico, 1627)

Viajó siendo muy joven a México, donde se formó literaria y espiritualmente. Su vocación eclesiástica le llevó a ocupar cargos de relevancia, como el de obispo de Puerto Rico. *Grandeza Mexicana* (1604), su mejor obra, describe en tercetos plenos de barroquismo los encantos de la capital de la Nueva España.

Brota el jazmín, las plantas reverdecen,
y con la bella Flora y su guirnalda
los montes se coronan y enriquecen.

Siembra Amaltea las rosas de su falda,
el aire fresco amores y alegría,
los collados jacintos y esmeralda.

Todo huele a verano, todo envía
suave respiración, y está compuesto
del ámbar nuevo que en sus flores cría.

Y aunque lo general del mundo es esto,
en este paraíso mexicano
su asiento y corte la frescura ha puesto.

Aquí, señora, el cielo de su mano
parece que escogió huertas pensiles,
y quiso él mismo ser el hortelano.

Todo el año es aquí mayos y abriles,
temple agradable, frío comedido,
cielo sereno y claro, aires sutiles.

22

SOR JUANA INÉS DE LA CRUZ
(México, 1651-1695)

En la cima de la poesía hispanoamericana de todos los tiempos, sus cualidades literarias fueron muy apreciadas a ambos lados del Atlántico. Desde niña sintió profundos deseos de aprender e intentó —disfrazándose de hombre— estudiar en la universidad. Su entrada en el convento de San Jerónimo provoca un sinfín de rumores que ella intenta acallar; lo cierto es que todavía hoy sigue habiendo especulaciones acerca de su falta de vocación y su reclusión conventual.

La poesía de sor Juana goza de todas las características del barroco español (búsqueda de recursos que intensifiquen la expresividad, creación de neologismos, pesimismo, etc.) y, sin embargo, posee una fortísima personalidad como consecuencia de las especiales circunstancias que vivió. Por sus obras en verso, de entre las que destaca *Primero sueño,* desfilan los más diversos temas, pero siempre adornados por un exquisito cuidado formal.

ARGUYE DE INCONSECUENTES EL GUSTO
Y LA CENSURA DE LOS HOMBRES
QUE EN LAS MUJERES ACUSAN LO QUE CAUSAN

Hombres necios que acusáis
a la mujer sin razón,
sin ver que sois la ocasión
de lo mismo que culpáis:
si con ansia sin igual
solicitáis su desdén,
¿por qué queréis que obren bien
si las incitáis al mal?

23

Combatís su resistencia
y luego, con gravedad,
decís que fue liviandad
lo que hizo la diligencia.
    Parecer quiere el denuedo
de vuestro parecer loco,
al niño que pone el coco
y luego le tiene miedo.
    Queréis, con presunción necia,
hallar a la que buscáis,
para pretendida, Thais,
y en la posesión, Lucrecia.
    ¿Qué humor puede ser más raro
que el que, falto de consejo,
él mismo empaña el espejo,
y siente que no esté claro?
    Con el favor y el desdén
tenéis condición igual,
quejándoos, si os tratan mal;
burlándoos, si os quieren bien.
    Opinión, ninguna gana;
pues la que más se recata,
si no os admite, es ingrata,
y si os admite, es liviana.
    Siempre tan necios andáis
que, con desigual nivel,
a una culpáis por cruel
y a otra por fácil culpáis.
    Pues ¿cómo ha de estar templada
la que vuestro amor pretende,
si la que es ingrata, ofende,
y la que es fácil, enfada?
    Mas, entre el enfado y pena
que vuestro gusto refiere,
bien haya la que no os quiere
y quejaos en hora buena.

24

Dan vuestras amantes penas
a sus libertades alas,
y después de hacerlas malas
las queréis hallar muy buenas.
    ¿Cuál mayor culpa ha tenido
en una pasión errada:
la que cae de rogada,
o el que ruega de caído?
    ¿O cuál es más de culpar,
aunque cualquiera mal haga:
la que peca por la paga,
o el que paga por pecar?
    Pues ¿para qué os espantáis
de la culpa que tenéis?
Queredlas cual las hacéis
o hacedlas cual las buscáis.
    Dejad de solicitar,
y después, con más razón,
acusaréis la afición
de la que os fuere a rogar.
    Bien con muchas armas fundo
que lidia vuestra arrogancia,
pues en promesa e instancia
juntáis diablo, carne y mundo.

SONETO

Verde embeleso de la vida humana,
loca Esperanza, frenesí dorado,
sueño de los despiertos intrincado,
como de sueños, de tesoros vana;
    alma del mundo, senectud lozana,
decrépito verdor imaginado;
el hoy de los dichosos esperado
y de los desdichados el mañana:

sigan tu sombra en busca de tu día
los que, con verdes vidrios por anteojos,
todo lo ven pintado a su deseo;
    que yo, más cuerda en la fortuna mía,
tengo en entrambas manos ambos ojos
y solamente lo que toco veo.

VILLANCICO

Pescador amante,
que, por tu Maestro,
dejando tus redes,
dejas tu sustento:
    cuyas redes son
cadenas de hierro
a tanto nadante
libre prisionero;
    tú, que a quese horrible
Monstruo verdinegro,
con una barquilla
le pisas el cuello,
    espera, aún no vayas,
no dejes tan presto,
a los peces libres,
al mar con sosiego.
    Pero si mejoras
la suerte, midiendo
el seno anchuroso
de Mar más inmenso,
    bien haces: acude
a mayor empeño,
y tu pesca sea
todo el Universo.

26

Estribillo

¡Barquero, barquero,
que te llevan las aguas los remos!

MANUEL JOSÉ DE LAVARDÉN
(Buenos Aires, 1754-Uruguay, 1809)

Con la llegada de las ideas enciclopedistas aparecen en Hispanoamérica los primeros intentos de independencia. El siglo XVIII, pródigo en ideología renovadora, apenas aporta poetas de calidad, y, en muchos casos, los autores mantienen todavía una estética netamente barroca.

M. J. de Lavardén fue un ilustrado cuya mejor obra, *Oda al majestuoso río Paraná,* inicia una especial atención a la naturaleza americana, que aparece tratada desde un punto de vista neoclásico, aunque con un cierto tono prerromántico.

ODA AL MAJESTUOSO RÍO PARANÁ
Fragmento

Augusto Paraná, sagrado río,
primogénito ilustre del Océano,
que en el carro de nácar refulgente
tirado de caimanes, recamados
de verde y oro, vas de clima en clima,
de región en región, vertiendo franco
suave frescor y pródiga abundancia,
tan grato al portugués como al hispano,
si el aspecto sañudo de Mavorte,
si de Albión los insultos temerarios
asombrando tu cándido carácter

27

retroceder te hicieron asustado
a la gruta distante que decoran
perlas nevadas, ígneos topacios,
y en que tienes volcada la urna de oro
de ondas de plata siempre rebosando:
si las sencillas ninfas argentinas
contigo temerosas profugaron
y el peine de carey allí escondieron
con que pulsan y sacan sones blandos
en liras de cristal, de cuerdas de oro,
que os envidian las Deas del Parnaso:
desciende ya, dejando la corona
de juncos retorcidos, y dejando
la banda de silvestre camalote
pues que ya el ardimiento provocado
del heroico español, cambiando el oro
por el bronce marcial te allana el paso,
y para el arduo, intrépido combate
Carlos *presta el valor,* Jove *los rayos.*
Cerquen tu augusta frente alegres lirios
y coronen la popa de tu carro;
las ninfas te acompañen adornadas
de guirnaldas, de aromas y amaranto;
y altos himnos entonen, con que avisen
tu tránsito a los dioses tributarios.

3. HACIA EL MODERNISMO

La transición de la poesía colonial al primer gran momento de creación poética, el Modernismo, viene marcada por un desarrollo tímido y desigual del sentir romántico y neoclásico. Más que de estéticas concretas, conviene hablar de un puñado de voces que destacan entre la atonía general.

ANDRÉS BELLO (Venezuela, 1781-1865)

Ensayista, legislador y poeta, Andrés Bello es más conocido por su *Gramática de la lengua castellana destinada al uso de los americanos* y su magisterio sobre Simón de Bolívar que por sus versos. Su mentalidad, imbuida de neoclasicismo e ideas independentistas, encontró en Londres —ciudad en la que residió como enviado del Gobierno venezolano— un lugar apropiado para recoger las ideas que más tarde trató de desarrollar en Chile y Venezuela.

EL HOMBRE,
EL CABALLO Y EL TORO

A un caballo dio un Toro tal cornada,
que en todo un mes no estuvo para nada.
Restablecido y fuerte,
quiere vengar su afrenta con la muerte
de un enemigo; pero como duda
si contra el asta fiera, puntiaguda,
armas serán sus cascos, poderosa,
al hombre pide ayuda.
*   —De mil amores —dice el hombre—. ¿Hay cosa*
más noble y diga del valor humano
que defender al flaco y desvalido
y dar castigo a un ofensor villano?
Llévame a cuestas tú, que eres fornido;
yo le mato, y negocio concluido.
*   Apercibidos van a maravilla*
los aliados; lleva el hombre lanza;
riendas el buen rocín, y freno, y silla,
y en el bruto feroz toman venganza.
*   —Gracias por tu benévola asistencia*
—dice el corcel—: me vuelvo a mi querencia;
desátame la cincha, y Dios te guarde.

29

—¿*Cómo es eso? ¿Tamaño beneficio pagas así?*
—*Yo no pensé...*
—*Ya es tarde*
para pensar; estás a mi servicio;
y quieras o no quieras,
en él has de vivir hasta que mueras.
  Pueblos americanos,
si jamás olvidáis que sois hermanos,
y a la patria común, madre querida,
ensangrentáis en duelo fratricida,
¡ah!, no invoquéis, por Dios, de gente extraña
el costoso favor, falaz, precario,
más de temer que la enemiga saña.
¿Ignoráis cuál ha sido su costumbre?
Demandar por salario
tributo eterno y dura servidumbre.

JOSÉ HERNÁNDEZ (Argentina, 1834-1886)

Martín Fierro es la muestra más importante de la literatura gauchesca, orientada a la búsqueda de lo autóctono. José Hernández narra en esta obra los infortunios de un gaucho postromántico que lucha por sobrevivir en un mundo que le es hostil. El tratamiento realista de personajes y paisaje, junto a la estrofa —sextillas con estructura abbccb— y léxico empleados, hacen del *Martín Fierro* una obra totalmente original.

  Mas ande otro criollo pasa
  Martín Fierro ha de pasar;
  nada lo hace recular
  ni las fantasmas lo espantan;
  y dende que todos cantan
  yo también quiero cantar.

30

Cantando me he de morir,
cantando me han de enterrar,
y cantando he de llegar
al pie del Eterno Padre:
dende el vientre de mi madre
vine a este mundo a cantar.

Que no se trabe mi lengua
ni me falte la palabra.
El cantar mi gloria labra,
y poniéndome a cantar,
cantando me han de encontrar
aunque la tierra se abra.

No me hago al lao de la güeya
aunque vengan degollando;
con los blandos yo soy blando
y soy duro con los duros,
y ninguno en un apuro
me ha visto andar tutubiando.

En el peligro ¡qué Cristos!
el corazón se me ensancha
pues toda la tierra es cancha,
y de esto naides se asombre:
el que se tiene por hombre
donde quiera hace pata ancha.

Soy gaucho, y entiendanló
como mi lengua lo explica,
para mí la tierra es chica
y pudiera ser mayor.
Ni la víbora me pica
ni quema mi frente el sol.

Nací como nace el peje,
en el fondo de la mar;

naides me puede quitar
aquello que Dios me dio:
lo que al mundo truge yo
del mundo lo he de llevar.

Mi gloria es vivir tan libre
como el pájaro del cielo;.
no hago nido en este suelo,
ande hay tanto que sufrir;
y naides me ha de seguir
cuando yo remuento el vuelo.

GERTRUDIS GÓMEZ DE AVELLANEDA
(Cuba, 1814-1873)

Aunque vivió mucho tiempo en España, resulta imposible encontrar en sus obras el olvido de su tierra natal. El tono romántico se une a un cuidado equilibrio, dando como resultado poemas muy sentidos pero formalmente mesurados.

AL PARTIR

¡Perla del mar! ¡Estrella de Occidente!
¡Hermosa Cuba! Tu brillante cielo
la noche cubre con su opaco velo,
como cubre el dolor mi triste frente.
¡Voy a partir!... La chusma diligente,
para arrancarme del nativo suelo,
las velas iza, y pronta a su desvelo
la brisa acude de tu zona ardiente.
¡Adiós, patria feliz, edén querido!
doquier que el hado en su furor me impela,
tu dulce nombre halagará mi oído!

32

¡Adiós!... ¡Ya cruje la turgente vela...
el ancla se alza... el buque, estremecido,
las olas corta y silencioso vuela!

JOSÉ MARTÍ (Cuba, 1853-1895)

Fue mucho más que un buen creador cubano; sus convicciones políticas le llevan a perder la vida en una acción de guerra cuando luchaba por la independencia de su país. La tenacidad política y la constante búsqueda de la libertad han hecho de él un héroe en la Cuba postrevolucionaria.

En muchas ocasiones ha sido encuadrado dentro del Modernismo, pero el fuerte sentimiento romántico —y por tanto social— que recorre su obra aconseja situarle más como antecedente inmediato que como integrante del nuevo sentir poético.

De entre sus obras en verso, plenas de espontaneidad y sentimiento, destacan *Ismaelillo, Versos sencillos* y *Versos libres.*

LA NIÑA DE GUATEMALA

Quiero, a la sombra de un ala,
contar este cuento en flor:
la niña de Guatemala,
la que se murió de amor.

Eran de lirios los ramos,
y las orlas de reseda
y de jazmín; la enterramos
en una caja de seda.

... Ella dio al desmemoriado
una almohadilla de olor;

él volvió, volvió casado;
ella se murió de amor.

Iban cargándola en andas
obispos y embajadores;
detrás iba el pueblo en tandas,
todo cargado de flores.

... Ella, por volverlo a ver,
salió a verlo al mirador:
él volvió con su mujer:
ella se murió de amor.

Como de bronce candente
al beso de despedida,
era su frente: ¡la frente
que más he amado en mi vida!

... Se entró de tarde en el río,
la sacó muerta el doctor:
dicen que murió de frío,
yo sé que murió de amor.

Allí, en la bóveda helada,
la pusieron en dos bancos:
besé su mano afilada,
besé sus zapatos blancos.

Callado, al oscurecer,
me llamó el enterrador:
¡nunca más he vuelto a ver
a la que murió de amor!

POETA

Como nacen las palmas en la arena,
y la rosa en la orilla al mar salobre,

34

así de mi dolor mis versos surgen
convulsos, encendidos, perfumados.
Tal en los mares sobre el agua verde,
la vela hendida, el mástil trunco, abierto
a las ávidas olas el costado,
después de la batalla fragorosa
con los vientos, el buque sigue andando.

¡Horror, horror! ¡En tierra y mar no había
más que crujidos, furia, niebla y lágrimas!
Los montes, desgajados, sobre el llano
rodaban: las llanuras, mares turbios,
en desbordados ríos convertidas,
vaciaban en los mares; un gran pueblo
del mar cabido hubiera en cada arruga:
estaban en el cielo las estrellas
apagadas: los vientos en jirones
revueltos en la sombra, huían, se abrían,
al chocar entre sí, y se despeñaban:
en los montes del aire resonaban
rodando con estrépito: en las nubes
los astros locos se arrojaban llamas!

4. EL MODERNISMO

Entre 1880 y 1915 tiene lugar un movimiento poético que cambió el curso de la poesía hispanoamericana. Durante este período, un buen número de escritores encuentra en el preciosismo y la belleza formal una solución para el momento literario. Sin embargo, no podemos caer en la tentación de atribuir a todos los autores las mismas características; el Modernismo es un sentimiento común que en cada poeta se manifiesta de forma distinta, de acuerdo con su especial personalidad. De Francia, gracias al Sim-

35

bolismo y el Parnasianismo, llegan los aires renovadores: libertad artística, exotismo, refinamiento, subjetivismo y, sobre todo, belleza.

JOSÉ ASUNCIÓN SILVA
(Colombia, 1865-1896)

Es el modernista más próximo a los románticos, por lo que su poesía se caracteriza por una sincera sobriedad. Sus continuas desdichas personales, que le llevan al suicidio, se manifiestan en el tema recurrente de sus versos: la búsqueda de los paraísos perdidos.

NOCTURNO III

Una noche,
una noche toda llena de murmullos, de perfumes y
[de música de alas;
una noche
en que ardían en la sombra nupcial y húmeda las lu-
[ciérnagas fantásticas,
a mi lado lentamente, contra mí ceñida toda, muda
[y pálida,
como si un presentimiento de amarguras infinitas
hasta el más secreto fondo de las fibras te agitara,
por la senda florecida que atraviesa la llanura
caminabas;
y la luna llena
por los cielos azulosos, infinitos y profundos espar-
[cía su luz blanca;
y tu sombra,
fina y lánguida,
y mi sombra
por los rayos de la luna proyectadas,

36

sobre las arenas tristes
de la senda se juntaban,
y eran una,
y eran una,
y eran una sola sombra larga,
y eran una sola sombra larga,
y eran una sola sombra larga...
Esta noche
solo; el alma
llena de las infinitas amarguras y agonías de tu
[muerte,
separado de ti misma por el tiempo, por la tumba
[y la distancia.
por el infinito negro
donde nuestra voz no alcanza,
mudo y solo
por la senda caminaba...
Y se oían los ladridos de los perros a la luna,
a la luna pálida,
y el chirrido de las ranas...
Sentí frío. Era el frío que tenían en tu alcoba
tus mejillas y tus sienes y tus manos adoradas,
entre las blancuras níveas
de las mortuorias sábanas.
Era el frío del sepulcro, era el hielo de la muerte,
era el frío de la nada.
Y mi sombra,
por los rayos de la luna proyectada,
iba sola,
iba sola,
iba sola por la estepa solitaria;
y tu sombra esbelta y ágil,
fina y lánguida,
como en esa noche tibia de la muerta primavera,
como en esa noche llena de murmullos, de perfumes
[y de música de alas,

37

se acercó y marchó con ella,
se acercó y marchó con ella,
se acercó y marchó con ella... ¡Oh las sombras en-
[lazadas!
¡Oh las sombras de los cuerpos que se juntan con las
[sombras de las almas!
¡Oh las sombras que se buscan en las noches de tris-
[tezas y de lágrimas!...

RUBÉN DARÍO (Nicaragua, 1867-1916)

Sin él el Modernismo no tendría el mismo senti-
do. De hecho, se suele datar el inicio del movimien-
to en 1888, fecha en que Rubén publica *Azul,* mien-
tras que la muerte del nicaragüense sirve como
referencia final de la época modernista.

Félix Rubén García Sarmiento, como en realidad
se llamaba, llevó una agitada vida bohemia a ambos
lados del Atlántico. De su sensualidad bohemia da
buena cuenta *Azul,* obra plagada de cisnes, prince-
sas y esmeraldas. En *Cantos de vida y esperanza* in-
corpora preocupaciones sobre la existencia humana
sin abandonar su preciosismo formal.

Concebía la poesía como sustituto de la religión,
pero de una religión bella; de aquí su colorismo, mu-
sicalidad, equilibrio y su continua búsqueda de la ar-
monía formal y temática.

SONATINA

La princesa está triste..., ¿qué tendrá la princesa?
Los suspiros se escapan de su boca de fresa
que han perdido la risa, que han perdido el color.
La princesa está pálida en su silla de oro,

38

está mudo el teclado de su clave de sonoro,
y en su vaso, olvidaba, se desmaya una flor.

El jardín puebla el triunfo de los pavos reales;
parlanchina, la dueña dice cosas banales
y vestido de rojo pirutea el bufón.
La princesa no ríe, la princesa no siente;
la princesa persigue por el cielo de Oriente
la libélula vaga de una vaga ilusión.

¿Piensa acaso en el príncipe de Golconda o de China,
o en el que ha detenido su carroza argentina
para ver de sus ojos la dulzura de luz?,
¿o en el rey de las islas de las rosas fragantes,
o en el que es soberano de los claros diamantes,
o en el dueño orgulloso de las perlas de Ormuz?

¡Ay!, la pobre princesa de la boca de rosa
quiere ser golondrina, quiere ser mariposa,
tener alas ligeras, bajo el cielo volar,
ir al Sol por la escala luminosa de un rayo,
saludar a los lirios con los veros de mayo,
o perderse en el viento sobre el trueno del mar.

Ya no quiere el palacio ni la rueca de plata,
ni el halcón encantado, ni el bufón escarlata,
ni los cisnes unánimes en el lago de azur.
Y están tristes las flores por la flor de la corte,
los Jazmines de Oriente, los nelumbos del Norte,
de Occidente las dalias y las rosas del Sur.

¡Pobrecita princesa de los ojos azules!,
está presa en sus oros, está presa en sus tules,
en la jaula de mármol del palacio real;
el palacio soberbio que vigilan los guardas,
que custodian cien negros con sus cien alabardas,
un lebrel que no duerme y un dragón colosal.

39

¡Oh, quién fuera hipsipila que dejó la crisálida!
(La princesa está triste; la princesa está pálida).
¡Oh visión adorada de oro, rosa y marfil!
¡Quién volara a la tierra donde un príncipe existe!
(La princesa está pálida; la princesa está triste).
¡Más brillante que el alba, más hermosa que abril!

—Calla, calla, princesa —dice el hada madrina—.
En caballo con alas, hacia acá se encamina,
en el cinto la espada y en la mano el azor,
el feliz caballero que te adora sin verte,
y llega de lejos, vencedor de la Muerte
a encenderte los labios con su beso de amor.

CANTO DE VIDA Y ESPERANZA

Yo soy aquel que ayer no más decía
el verso azul y la canción profana,
en cuya noche un ruiseñor había
que era alondra de luz por la mañana.
El dueño fui de mi jardín de sueño,
lleno de rosas y de cisnes vagos;
el dueño de las tórtolas, el dueño
de góndolas y liras en los lagos.
Y muy siglo dieciocho y muy antiguo
y muy moderno; audaz, cosmopolita;
con Hugo fuerte y con Verlaine ambiguo,
y una red de ilusiones infinita.
Yo supe de dolor desde mi infancia;
mi juventud..., ¿fue juventud la mía?
Sus rosas aún me dejan su fragancia,
una fragancia de melancolía...
Potro sin freno se lanzó mi instinto,
mi juventud montó potro sin freno;
iba embriagada y con puñal al cinto;
si no cayó fue porque Dios es bueno.

40

En mi jardín se vio una estatua bella;
se juzgó mármol y era carne viva;
una alma joven habitaba en ella,
sentimental, sensible, sensitiva.

Y tímida ante el mundo, de manera
que, encerrada en silencio, no salía
sino cuando en la dulce primavera
era la hora de la melodía...

Hora de ocaso y de discreto beso;
hora crepuscular y de retiro;
hora de madrigal y de embeleso,
de «te adoro», de «¡ay!» y de suspiro.

Y entonces era en la dulzaina un juego
de misteriosas gamas cristalinas,
un renovar de notas del Pan griego
y un desgranar de músicas latinas.

Con aire tal y con ardor tan vivo,
que a la estatua nacían de repente
en el muslo viril patas de chivo
y dos cuernos de sátiro en la frente.

Como la Galatea gongorina
me encantó la marquesa verleniana,
y así juntaba a la pasión divina
una sensual hiperestesia humana.

Todo ansia, todo ardor, sensación pura
y vigor natural; y sin falsía,
y sin comedia y sin literatura....
si hay un alma sincera, ésa es la mía.

La torre de marfil tentó mi anhelo;
quise encerrarme dentro de mí mismo,
y tuve hambre de espacio y sed de cielo
desde las sombras de mi propio abismo.

Como la esponja que la sal satura
en el jugo del mar, fue el dulce y tierno
corazón mío, henchido de amargura
por el mundo, la carne y el infierno.

Mas, por gracia de Dios, en mi conciencia
el Bien supo elegir la mejor parte;
y si hubo áspera hiel en mi existencia,
melificó toda acritud el Arte.

Mi intelecto libré de pensar bajo,
bañó el agua castalia el alma mía,
peregrinó mi corazón y trajo
de la sagrada selva la armonía.

¡Oh la selva sagrada! ¡Oh la profunda
emanación del corazón divino
de la sagrada selva! ¡Oh la fecunda
fuente cuya virtud vence al destino!

Bosque ideal que lo real complica,
allí el cuerpo arde y vive y Psiquis vuela;
mientras abajo el sátiro fornica,
ebria de azul deslíe Filomela.

Perla de ensueño y música amorosa
en la cúpula en flor del laurel verde,
Hipsipila sutil liba en la rosa,
y la boca del fauno el pezón muerde.

Allí va el dios en celo tras la hembra
y la caña de Pan se alza del lodo;
la eterna vida sus semillas siembra,
y brota la armonía del gran Todo.

El alma que entra allí debe ir desnuda
temblando de deseo y fiebre santa,
sobre cardo heridor y espina aguda:
así sueña, así vibra y así canta.

Vida, luz y verdad, tal triple llama
produce al interior llama infinita;
el Arte puro como Cristo exclama:
«Ego sum lux et veritas et vita»!

Y la vida es misterio, la luz ciega
y la verdad inaccesible asombra;
la adusta perfección jamás se entrega,
y el secreto ideal duerme en la sombra.

42

Por eso ser sincero es ser potente;
de desnuda que está, brilla la estrella;
el agua dice el alma de la fuente
en la voz de cristal que fluye de ella.
   Tal fue mi intento, hacer del alma pura
mía, una estrella, una fuente sonora,
con el horror de la literatura
y loco de crepúsculo y de aurora.
   Del crepúsculo azul que da la pauta
que los celestes éxtasis inspira,
Bruma y tono menor —¡toda la flauta!,
y Aurora, hija del Sol —¡toda la lira!
   Pasó una piedra que lanzó una honda;
pasó una flecha que aguzó un violento.
La piedra de la honda fue a la onda,
y la flecha del odio fuése al viento.
   La virtud está en ser tranquilo y fuerte;
con el fuego interior todo se abrasa;
se triunfa del rencor y de la muerte,
y hacia Belén... ¡la caravana pasa!

AMADO NERVO (México, 1870-1919)

Sus contactos con Rubén Darío le llevan a hacer una poesía musical y exuberante, aunque muy pronto se aleja del vacuo ornato para cultivar una literatura sincera a la vez que sobria. La religión y el amor son sus dos temas predilectos.

EL DÍA QUE ME QUIERAS

El día que me quieras tendrá más luz que junio,
la noche que me quieras será de plenilunio,
con notas de Beethoven vibrando en cada rayo

43

sus inefables cosas,
y habrá juntas más rosas
que en todo el mes de mayo.

Las fuentes cristalinas
irán por las laderas
saltando cantarinas
el día que me quieras.

El día que me quieras, los sotos escondidos
resonarán arpegios nunca jamás oídos.
Éxtasis de tus ojos, todas las primaveras
que hubo y habrá en el mundo, serán cuando me
                                              [quieras.

Cogidas de la mano, cual rubias hermanitas
luciendo golas cándidas, irán las margaritas
por montes y praderas
delante de tus pasos, el día que me quieras...
Y si deshojas una, te dirá su inocente
postrer pétalo blanco: ¡Apasionadamente!

Al reventar el alba del día que me quieras,
tendrán todos los tréboles cuatro hojas agroreras,
y en el estanque, nido de gérmenes ignotos,
florecerán las místicas corolas de los lotos.

El día que me quieras será cada celaje
ala maravillosa; cada arrebol, miraje
de las Mil y una noches; cada brisa, un cantar;
cada árbol, una lira; cada monte, un altar.

El día que me quieras, para nosotros dos
habrá en un solo beso la beatitud de Dios.

44

LEOPOLDO LUGONES (Argentina, 1874-1938)

Lejos de las modas parisinas, Lugones pretende arraigar el lenguaje poético en su Argentina natal, para unir en los versos el tema modernista de la muerte con la expresión autóctona. *Los crepúsculos del jardín* es la obra más modernista de un poeta que escribió en su juventud bajo los supuestos del romanticismo y que, poco antes de su muerte (también por suicidio), coqueteó con las vanguardias.

LOS DOCE GOZOS
Paradisíaca

Cabe una rama en flor busqué tu arrimo.
La dorada serpiente de mis males
circuló por tus púdicos cendales
con la invasora suavidad de un mimo.

Sutil vapor alzábase del limo
sulfurando las tintas otoñales
del Poniente, y brillaba en los parrales
la transparencia ustoria del racimo.

Sintiendo que el azul nos impelía
algo de Dios, tu boca con la mía
se unieron en la tarde luminosa,

bajo el caduco sátiro de yeso.
Y como de una cinta milagrosa
ascendí suspendido de tu beso.

OCEÁNIDA

El mar lleno de urgencias masculinas
bramaba alrededor de tu cintura,

45

y como un brazo colosal, la oscura
ribera te amparaba. En tus retinas

y en tus cabellos, y en tu astral blancura,
riela con decadencias opalinas
esa luz de las tardes mortecinas
que en el agua pacífica perdura.

Palpitando a los ritmos de tu seno
hinchóse en una ola el mar sereno;
para hundirte en sus vértigos felinos.

Su voz te dijo una caricia vaga,
y al penetrar entre tus muslos finos
la onda se aguzó como una daga.

JULIO HERRERA Y REISSIG (Uruguay, 1875-1910)

Considerado por muchos como el mejor poeta modernista hispanoamericano, Herrera y Reissig crea una obra muy íntima tratada desde un punto de vista surrealista. Su mundo poético, esencialmente barroco, posee una originalidad tan marcada que en contadísimas ocasiones ha sido superada. *Las pascuas del tiempo* y *Los maitines de la noche* se encuentran entre sus libros de poemas más destacados.

LA NOCHE

La noche en la montaña mira con ojos viudos
de cierva sin amparo que vela ante su cría;
y como si asumieran un don de profecía
en un sueño inspirado hablan los campos rudos.

46

Rayan el panorama, como espectros agudos,
tres álamos en éxtasis... Un gallo desvaría,
reloj de media noche. La grave luna amplía
las cosas, que se llenan de encantamientos mudos.

El lago azul de sueño, que ni una sombra empaña,
es como la conciencia pura de la montaña...
A ras del agua tersa, que riza con su aliento.

Albino, el pastor loco, quiere besar la luna.
En la huerta sonámbula vibra un canto de cuna...
Aúllan a los diablos los perros del convento.

LA IGLESIA

En un beato silencio el recinto vegeta.
Las vírgenes de cera duermen en su decoro
de terciopelo lindo y de esmalte incoloro
y San Gabriel se hastía de soplar la trompeta.

Sedienta, abre su boca de mármol la pileta.
Una vieja estornuda desde el altar del coro..
Y una legión de átomos sube un camino de oro
aéreo, que una escala de Jacob interpreta.

Inicia sus labores el alma reverente
para saber si anda de buenas San Vicente,
con tímidos arrobos repica la alcancía...

Acá y allá maniobra después con un plumero,
mientras, por una puerta que da a la sacristía,
irrumpe la gloriosa turba del gallinero.

47

JOSÉ SANTOS CHOCANO (Perú, 1875-1934)

La creación de un marco de referencias netamente americano y el excesivo retoricismo marcan las principales directrices poéticas de este autor. Su autoproclamación en vida como «único gran poeta sudamericano» le lleva a una cuidada selección de sus obras, que poseen una fantasía inusual.

LA TRISTEZA DEL INCA

Este era un inca triste de soñadora frente,
ojos siempre dormidos y sonrisa de hiel,
que recorrió su imperio buscando inútilmente
a una doncella hermosa y enamorada de él.
Por distraer sus penas, el inca dio en guerrero;
puso a su tropa en marcha y el broquel requirió,
fue dejando despojos sobre cada sendero,
y las nieves más altas con su sangre manchó.
Tal sus flechas cruzaron invioladas regiones,
en que apenas los ríos se atrevían a entrar;
y tal fue derramando sus heroicas legiones,
de la selva a los Andes, de los Andes al mar.
Fue gastando las flechas que tenía en su aljaba,
una vez y otra, de región en región,
porque cuando salía victorioso lograba
levantar la cabeza, pero no el corazón.
Y cansado de sólo levantar la cabeza,
celebró bailes magnos y banquetes sin fin;
pero no logró nada disipar su tristeza;
ni la sangre del choque, ni el licor del festín.
Nadie entraba en el fondo de su espíritu oculto
ni las sciris de Quito consagradas al culto,
ni del Cuzco tampoco las vestales del Sol.
Fue llamado el más viejo sacerdote: «Adivina

48

este mal que me aqueja y el remedio del mal»,
dijo el gran sacerdote con voz trémula y fina
a aquel joven monarca displicente y sensual.
¡Ay!, señor... dijo el viejo sacerdote... tus penas
remediarse no pueden. Tu pasión es mortal.
La mujer que has ideado tiene añil en las venas,
un trigal en los bucles y en la boca un coral.
¡Ay!, señor, cierto día vendrán hombres muy blan-
                                          [cos
ha de oírse en los bosques el marcial caracol;
cataratas de sangre colmarán los barrancos;
y entrarán otros dioses en el Templo del Sol.
La mujer que has ideado pertenece a tal raza.
Vanamente la buscas en tu innúmera grey;
y servirte no pueden oración ni amenaza,
porque tiene otra sangre, otro dios y otro rey».
Cuando el rito sagrado le mandó optar esposa,
hizo astillas el cetro con vibrante dolor:
y aquel joven monarca se enterró en una fosa,
y pensando en la rubia fue muriendo de amor.
Castellana, tú ignoras todo el mal que me has he-
                                          [cho.
Castellana: recuerda que nací en el Perú.
La tristeza del inca va llenando mi pecho;
y quién sabe... quién sabe si la rubia eres tú.

5. LA POESÍA DEL SIGLO XX: 1915-1980

A partir del Modernismo resulta prácticamente imposible encontrar unas características poéticas supranacionales. Es cierto que, en mayor o menor medida, llegaron a casi todos los países las influencias de las vanguardias europeas, pero la ausencia de homogeneidad fue la nota más destacable. Esta disparidad hace que nos inclinemos por antologar sólo algunos de los poetas más representativos de cada país.

ARGENTINA

RICARDO E. MOLINARI (1898)

Autor instalado en la tradición hispana, sus poemas buscan, ante todo, la belleza formal y la expresión intimista de sus sentimientos. En 1958 obtuvo el Premio Nacional de Poesía; diez años después accedió a la Academia Argentina de las Letras. El mismo recogió una antología de sus obras que lleva por título *Un día, el tiempo y las nubes* (1964).

ODA A UNA LARGA TRISTEZA

Quisiera cantar una larga tristeza que no olvido,
una dura lengua. Cuántas veces.

En mi país el Otoño nace de una flor seca,
de algunos pájaros; a veces creo que de mi nuca aban-
*   [donada*
o del vaho penetrante de ciertos ríos de la llanura
cansados de sol, de la gente que a sus orillas
goza una vida sin majestad.

Cuando se llega para vivir entre unos sacos de car-
*   [bón y se siente que la piel*
se enseñorea de hastío,
de repugnante soledad; que el ser es una isla sin un
*   [clavel,*
se desea el Otoño, el viento que coge a las hojas
igual que a las almas; el viento

que inclina sin pesadez las embriagadas hierbas,
para envolverlas en el consuelo de la muerte.

50

No; no quisiera volver jamás a la tierra;
me duele toda la carne, y donde ha habido un beso
[se me pudre el aire.
En el Verano florido he visto un caballo azulado y
[un toro transparente
beber en el pecho de los ríos, inocentes, su sangre;
los árboles de las venas, llenos, perdidos en los la-
[berintos tibios del cuerpo,
en la ansiosa carne oprimida. En el Verano...
Mis días bajaban por la sombra de mi cara
y me cubrían el vientre, la piel pura, rumorosa,
envueltos en la claridad
más dulce.
Como un demente, ensordecido, inagotable,
quebraba la rosa el junco, el agitado seno deslum-
[brante.
Sin velos, en el vacío descansa indiferente un día sin
[pensamiento,
sin hombre, con un anochecer que llega con una es-
[pada.

Un sucio resplandor me quema las flores del cielo,
las grandes llanuras majestuosas.
Quisiera cantar esta larga tristeza desterrada,
pero, ay, siento llegar el mar hasta mi boca.

JORGE LUIS BORGES (1899-1986)

Aunque en los inicios estuvo muy ligado a las van-
guardias, más concretamente al Ultraísmo, muy pron-
to inició un camino personalísimo basado en el eclec-
ticismo y la erudición. Su poesía es sencilla, pero sólo
en apariencia, porque tras la sencillez se esconde un
largo proceso de depuración que dota a sus versos
de una profundidad inusual. Repasando los temas

51

más tratados por Borges (el tiempo, la vida, la muerte...), podría dar la impresión de una gran abstracción metafísica y, sin embargo, siempre están muy cerca de los sentimientos más inmediatos. De entre sus libros de versos destacan *Fervor de Buenos Aires* (1923), *Antología personal* (1961) y *Los conjurados* (1985).

FUNDACIÓN MÍTICA DE BUENOS AIRES

¿Y fue por este río de sueñera y de barro
que las proas vinieron a fundarme la patria?
Irían a los tumbos los barquitos pintados
entre los camalotes de la corriente zaina.

Pensando bien la cosa, supondremos que el río
era azulejo entonces como oriundo del cielo
con su estrellita roja para marcar el sitio
en que ayunó Juan Díaz y los indios comieron.

Lo cierto es que mil hombres y otros mil arribaron
por un mar que tenía cinco lunas de anchura
y aun estaba poblado de sirenas y endriagos
y de piedras imanes que enloquecen la brújula.

Prendieron unos ranchos trémulos en la costa,
durmieron extrañados. Dicen que en el Riachuelo,
pero son embelecos fraguados en la Boca.
Fue una manzana entera y en mi barrio: en Paler-
                                          [mo.

Una manzana entera pero en mitá del campo
presenciada de auroras y lluvias y suestadas.
La manzana pareja que persiste en mi barrio:
Guatemala, Serrano, Paraguay, Gurruchaga.

52

Un almacén rosado como revés de naipe
brilló y en la trastienda conversaron un truco;
el almacén rosado floreció en un compadre,
ya patrón de la esquina, ya resentido y duro.

El primer organito salvaba el horizonte
con su achacoso porte, su habanera y su gringo.

El corralón seguro ya opinaba: Irigoyen,
algún piano mandaba tangos de Saborido.

Una cigarrería sahumó como una rosa
el desierto. La tarde se había ahondado en ayeres,
los hombres compartieron un pasado ilusorio.
Sólo faltó una cosa: la vereda de enfrente.

A mí se me hace cuento que empezó Buenos Aires:
La juzgo tan eterna como el agua y el aire.

LA NOCHE CÍCLICA

Lo supieron los arduos alumnos de Pitágoras:
los astros y los hombres vuelven cíclicamente;
los átomos fatales repetirán la urgente
Afrodita de oro, los tébanos, las ágoras.

En edades futuras oprimirá el centauro
con el casco solípedo el pecho del lapita;
cuando Roma sea polvo, gemirá en la infinita
noche de su palacio fétido el minotauro.

Volverá toda la noche de insomnio: minuciosa.
La mano que esto escribe renacerá del mismo
vientre. Férreos ejércitos construirán el abismo.
(David Hume de Edimburgo dijo la misma cosa.)

53

*No sé si volveremos en un ciclo segundo
como vuelven las cifras de una fracción periódica;
pero sé que una oscura rotación pitagórica
noche a noche me deja en un lugar del mundo.*

*Que es de los arrabales. Una esquina remota
que puede ser del norte, del sur o del oeste,
pero que tiene siempre una tapia celeste,
una higuera sombría y una vereda rota.*

*Ahí está Buenos Aires. El tiempo que a los hombres
trae el amor o el oro, a mí apenas me deja
esta rosa apagada, esta vana madeja
de calles que repiten los pretéritos nombres.*

*De mi sangre: Laprida, Cabrera, Soler, Suárez...
nombres en que retumban (ya secretas) las dianas,
las repúblicas, los caballos y las mañanas,
las felices victorias, las muertes militares.*

*Las plazas agravadas por la noche sin dueño
son los patios profundos de un árido palacio
y las calles unánimes que engendran el espacio
son corredores de vago miedo y de sueño.*

*Vuelve la noche cóncava que descifró Anaxágoras;
vuelve a mi carne humana la eternidad constante
y el recuerdo, ¿el proyecto?, de un poema ince-
[sante:
«Lo supieron los arduos alumnos de Pitágoras...»*

SPINOZA

*Las traslúcidas manos del judío
labran en la penumbra los cristales*

54

y la tarde que muere es miedo y frío.
(Las tardes a las tardes son iguales.)
Las manos y el espacio de jacinto
que palidece en el confín del Ghetto
casi no existen para el hombre quieto
que está soñando un claro laberinto.
No lo turba la fama, ese reflejo
de sueños en el sueño de otro espejo,
ni el temeroso amor de las doncellas.
Libre de la metáfora y del mito
labra un arduo cristal: el infinito
mapa de Aquél que es todas Sus estrellas.

LÍMITES

Hay una línea de Verlaine que no volveré a recor-
*   [dar,*
hay una calle próxima que está vedada a mis pasos,
hay un espejo que me ha visto por última vez,
hay una puerta que he cerrado hasta el fin del mun-
*   [do.*
Entre los libros de mi biblioteca (estoy viéndolos)
hay alguno que ya nunca abriré.
Este verano cumpliré cincuenta años;
la muerte me desgasta, incesante.

SON LOS RÍOS

Somos el tiempo. Somos la famosa
parábola de Heráclito el Oscuro.
Somos el agua, no el diamante duro,
la que se pierde, no la que reposa.
Somos el río y somos aquel griego
que se mira en el río. Su reflejo

55

cambia en el agua del cambiante espejo,
en el cristal que cambia como el fuego.
Somos el vano río prefijado,
rumbo a su mar. La sombra lo ha cercado.
Todo nos dijo adiós, todo se aleja.
La memoria no acuña su moneda.
Y sin embargo hay algo que se queda
y sin embargo hay algo que se queja.

JUAN GELMAN (1930)

Periodista exiliado desde 1975 en Europa, Gelman une al compromiso político con su país a la búsqueda incesante de nuevas formas expresivas. La ironía y la ternura aparecen con frecuencia unidas en su obra. *Gotán* (1962), *Si dulcemente* (1980) y *Citas y comentarios* (1982) son tres de sus obras más representativas.

SONETO

así dulzura de la vida es
tu vientre de calor/ batalla/ puro
árboles como piedra/ ojo del cielo
así dulzura de la vida es
contra el desastre/ vientre de dulzura
así dulzura de la vida es
carbón ardiente en manos de ya niño
altura de la voz/ dos animales
fulgor o triste/ sombra de la voz
doble cantor si trata al enemigo
fulgor o triste/ voces de la sombra
cielo del ojo/ sombra de la voz
y cinturón de paz o brillo/ clara
cantorita de luz/ dulzura/ vos

56

ARTE POÉTICA

Entre tantos oficios ejerzo éste que no es mío,
como un amo implacable
me obliga a trabajar de día, de noche,
con dolor, con amor,
bajo la lluvia, en la catástrofe,
cuando se abren los brazos de la ternura o del alma,
cuando la enfermedad hunde las manos.

A este oficio me obligan los dolores ajenos,
las lágrimas, los pañuelos saludadores,
las promesas en medio del otoño o del fuego,
los besos del encuentro, los besos del adiós,
todo me obliga a trabajar con las palabras, con la
                                          [sangre.

Nunca fui el dueño de mis cenizas, mis versos,
rostros oscuros los escriben como tirar contra la
                                          [muerte.

NOTA XXII

huesos que fuego a tanto amor han dado
exilados del sur sin casa o número
ahora desueñan tanto sueño roto
una fatiga les distrae el alma

por el dolor pasean como niños
bajo la lluvia ajena/ una mujer
habla en voz baja con sus pedacitos
como acunándoles no ser/ o nunca

se fueron del país o patria o punta
que recorría la cabeza como
dicha infeliz/ país de la memoria

57

donde nací/ morí/ tuve sustancia/
huesitos que junté para encender/
tierra que me enterraba para siempre

BOLIVIA

ÓSCAR CERRUTO (1912-1981)

Introdujo en su país las nuevas formas que imponían las vanguardias poéticas. Su poesía busca de manera incesante la metáfora perfecta, la imagen ideal. *Aluvión de fuego* (1935) es la obra que le dio fama internacional y un gran prestigio como poeta.

ALTIPLANO

1

El Altiplano es inmensurable como un recuerdo.
Piel de kirquincho, toca con sus extremos las cuatro
                                    [puntas del cielo,
sopla su densa brisa de bestia.
El Altiplano es resplandeciente como un acero.
Su soledad de luna, tambor de las sublevaciones,
solfatara de las leyendas.
Pastoras de turbiones y pesares,
las vírgenes de la tierra alimentan la hoguera de la
                                    [música.
Los hombres, en el metal de sus cabellos,
asilan el caliente perfume de los combates.
Altiplano rayado de caminos y de tristeza
como palma del minero.

58

2

El Altiplano es frecuente como el odio.
Ciega, de pronto, como una oleada de sangre.
El Altiplano duro de hielos
y donde el frío es azul como la piel de los muertos.
Sobre su lomo tatuado por las agujas ásperas del
[tiempo
los labradores aymaras, su propia tumba a cuestas,
con los fusiles y la honda le ahuyentan pájaros de
[luz a la noche.
La vida se les tizna de silencio en los fogones
mientras las lluvias inundan sus huesos y el canto
[del jilguero.

3

Altiplano sin fronteras,
desplegado y violento como el fuego.

Sus charangos acentúan el color del infortunio.
Su soledad horada, gota a gota, la piedra.

ALCIRA CARDONA TORRICO (1926)

La poesía de Alcira Cardona es esencialmente com-
bativa y comprometida, pero no por ello la autora
se olvida de dotar a los poemas de la belleza —eso
sí, desgarrada— que los hace atrayentes. *Carcajada*
de estaño y *Rayo y simiente* son sus obras más co-
nocidas.

CUANDO ABRÍ MI CORAZÓN

Cuando abrí mi corazón, había dentro
un dios llagado;

59

le vi caer por la mejilla izquierda
hasta romper la luz
y estremecer la tierra.

Cuando abrí mi corazón,
estaba un olivar quemándose entre dos rayos.
Percutía el puño de los huecos
y blandía sus brazos el estrago.

Cuando abrí mi corazón,
las fraguas ya no ardían,
pero el duro golpearse de los hierros
arrastraba
estruendos carcelarios y suspiros.

Cuando abrí mi corazón,
el poema, vio descarnado el rostro de la guerra,
de sus labios cayeron los adioses,
hubo temblor de noches
y silencioso huir de las estrellas.

Cuando abrí mi corazón, quedaban el duelo,
la carcoma, el polvo
y las últimas palabras sin encuentro;
con ojos en la sombra sumergidos
los insomnes recuerdos
girando en el vacío.

¡Cuando abrí mi corazón,
las lágrimas del mundo habían crecido...!

HERMANO JUAN MARTÍN

Hermano Juan Martín, eres plebeyo
por la sangre de tiesto y de carbones,

60

sin traje dominguero,
escobajos los puños, los ojos desteñidos,
la garganta de fuego,
con mancha de rencor en la conciencia,
y el miedo en el cabello.

Alguien vio de tus cuencas pordioseras
escapar erizados gatos negros,
y comerse el riñon de un Cristo largo,
cárdeno de injusticia y cementerio.

Traqueteó una vieja guardia
como trueno,
y tú, Juan Martín, malabarista
de la pestaña en hilos y el mal sueño,
boca abajo dejando la arrogancia,
llamaste al pan por Juez, casi gimiendo,
mientras cayó sobre tu niño labio,
un negro escupitazo por plebeyo.

PEDRO SHIMOSE (1940)

La experimentación constante ha llevado a este
poeta al encuentro de un mundo expresivo propio.
el compromiso, la vida y la religiosidad están pre-
sentes en sus obras como temas dominantes, aunque
ello no excluye la aparición de motivos de la más di-
versa índole. Sus libros más conocidos son: *Triludio*
en el exilio (1961), *Quiero escribir, pero me sale es-*
puma (1972) y *Caducidad del fuego* (1975).

HALLSTATT

Los cuervos agonizan al filo de la llama.
La alondra canta en la rama.

Su canto
es la morada de los
astros.
            Transita el fuego la floresta
y en la forma punzante
            se derrama:
                        la jabalina.
                        el dardo.
                        la ballesta.

LA ESFERA Y EL RÍO

Se engaña y engañándose te engaña
sin querer. No ve más que el dolor lento
de las cosas. Ignora el movimiento
de la luz. Él ve sólo la montaña.

Es su realidad una maraña
de símbolos, un puro sentimiento
o un sueño donde el sueño es pensamiento,
cristal de tiempo que la sangre empaña.

Ojo burlado y burlador, tu instante,
tu fragmento de certidumbre inerte
no ve sino diamante en el diamante.

Tú sabes lo que sabes al no verte
e ignoras lo que ignora el nigromante,
lo que ignora la vida de la muerte.

MECÁNICA DE LOS CUERPOS

Acaricio tus formas
suaves

62

como dunas
que no hay;
beso tus pezones
   enhiestos y rosados
como un amanecer.
Tu cuerpo, emblema
crepitante;
  mi alma
    tiembla
al puro estado de belleza.
     Tus ojos.
Reposa en ti el impulso
de una corriente
   azul. Desciende
a mí
tu voz.

La armonía
conquista los espacios
    del tiempo
      inasequible.

DILUCIÓN DEL PUÑAL

 Desciende
 soñándose
 perverso,

 rasga el aire,
 se desliza,
 corta el
 agua y
 cae,

 contempla
 su caída,

63

*inventa
animalitos
de ternura,*

*recuerda
ríos de amor
bajo la noche
poblada de
leones,*

*brilla
en el papel
de estaño,*

*envuelve
lunas, se
hunde en
el espejo;*

*al otro
lado del
cristal*

*gira,
lenta,
su muer
te.*

*La san
gre se
diluye
en el
pai
sa
j
e*

COLOMBIA

LEÓN DE GREIFF (1895-1976)

Muy influido por las innovaciones modernistas —que rechazó—, busca formas nuevas para expresar su intimidad, motivo central de su obra. La ironía, en cuanto al tratamiento de los temas, y su obsesión por los nuevos ritmos marcan *Tergiversaciones* (1925) y *Viaje alrededor de nada* (1936), quizás sus mejores obras.

BALADA DEL MAR NO VISTO, RITMADA EN VERSOS DIVERSOS

No he visto el mar.

Mis ojos
—vigías horadantes, fantásticas luciérnagas;
mis ojos avizores entre la noche; dueños
de la estrellada comba,
de los astrales mundos;
mis ojos errabundos
familiares del hórrido vértigo del abismo;
mis ojos acerados de viking, oteantes,
mis ojos vagabundos
no han visto el mar...

La cántiga ondulosa de su trémula curva
no ha mecido mis sueños,
ni oí de sus sirenas la erótica quejumbre,
ni aturdió mi retina con el rútilo azogue
que rueda por su dorso...
Sus resonantes trombas,
sus silencios, yo nunca pude oír...

sus cóleras ciclópeas, sus quejas o sus himnos,
ni su mutismo impávido cuando argentos y oros
de los soles y lunas, como perennes lloros
diluyen sus riquezas por el glauco zafir...

Ni aspiré su perfume.

Yo sé de los aromas
de amadas cabelleras...
Yo sé de los perfumes de los cuellos esbeltos
y frágiles y tibios,
de senos donde esconden sus hálitos las pomas
preferidas de Venus.
Yo aspiré las redomas
donde el Nirvana enciende los sándalos simbólicos,
las zábilas y mirras del mago Zoroastro...
Mas no aspiré las sales ni los lodos del mar.

Mis labios sitibundos
no en sus odres la sed
apagaron:
no en sus odres acerbos
mitigaron la sed...
Mis labios, locos, ebrios, ávidos, vagabundos,
labios cogitabundos
que amargaron los ayes y gestos iracundos
y que unos labios —vírgenes— captaron en tu red.

Hermano de las nubes
yo soy.
Hermano de las nubes,
de las errantes nubes, de las ilusas del espacio:
vagarosos navíos
que empujan acres soplos anónimos y fríos,
que impelen recios ímpetus voltarios y sombríos.
Viajero de las noches.

66

Viajero de las noches embriagadoras; nauta
de sus golfos ilímites,
de sus golfos ilímites, delirantes, vacíos,
—vacíos de infinito..., vacíos... —Dócil nauta

yo soy,
y mis soñares derrotados navíos...
Derrotados navíos, rumbos ignotos, antros
de piratas... ¡el mar!...

Mis ojos vagabundos
—viajeros insaciados— conocen cielos, mundos,
conocen noches hondas, ingraves y serenas,
conocen noches trágicas,
ensueños deliciosos,
sueños inverecundos...
Saben de penas únicas,
de goces y de llantos,
de mitos y de ciencia,
del odio y la clemencia,
del dolor
y el amar...

Mis ojos vagabundos,
mis ojos infecundos...:
no han visto el mar mis ojos,
no he visto el mar.

ÁLVARO MUTIS (1923)

Encuadrado en los «Nadaístas» (grupo poético que ante la deshumanización social se refugia en el nihilismo más absoluto), A. Mutis muestra un interés especial por los temas sociales. En 1973 recoge su poesía en *Summa de Magroll el gaviero*. En 1980 publica *Textos olvidados*.

CITA

Bien sea en la orilla del río que baja de la cordillera
golpeando sus aguas contra troncos y metales dor-
[midos,
en el primer puente que lo cruza y que atraviesa el
[tren
en un estruendo que se confunde con el de las
[aguas;
allí, bajo la plancha de cemento,
con sus telarañas y sus grietas
donde moran grandes insectos y duermen los mur-
[ciélagos;
allí, junto a la fresca espuma que salta contra las
[piedras;
allí bien pudiera ser.
O tal vez en un cuarto de hotel,
en una ciudad a donde acuden los tratantes de ga-
[nado,
los comerciantes en mieles, los tostadores de café.
A la hora de mayor bullicio en las calles,
cuando se encienden las primeras luces
y se abren los burdeles
y de las cantinas sube la algarabía de los tocadiscos,
el chocar de los vasos y el golpe de las bolas de
[billar;
a esa hora convendría la cita
y tampoco habría esta vez incómodos testigos,
ni gentes de nuestro trato,
ni nada distinto de lo que antes te dije:
una pieza de hotel, con su aroma a jabón barato
y su cama manchada por la cópula urbana
de los ahítos hacendados.
O quizá en el hangar abandonado en la selva,
a donde arrimaban los hidroaviones para dejar el
[correo.

68

Hay allí un cierto sosiego, un gótico recogimiento
bajo la estructura de vigas metálicas
invadidas por el óxido
y teñidas por un polen color naranja.
Afuera, el lento desorden de la selva,
su espeso aliento recorrido
de pronto por la gritería de los monos
y las bandadas de aves grasientas y rijosas.
Adentro, un aire suave poblado de líquenes
listado por el tañido de las láminas.
También allí la soledad necesaria,
el indispensable desamparo, el acre albedrío.
Otros lugares habría y muy diversas circunstancias;
pero al cabo es en nosotros
donde sucede el encuentro
y de nada sirve prepararlo ni esperarlo.
La muerte bienvenida nos exime de toda vana sor-
                                          [presa.

SOLEDAD

En mitad de la selva, en la más oscura noche de
los grandes árboles, rodeado del húmedo silencio es-
parcido por las vastas hojas del banano silvestre, co-
noció el Gaviero el miedo de sus miserias más secre-
tas, el pavor de un gran vacío que le acechaba tras
sus años llenos de historias y de paisajes. Toda la no-
che permaneció el Gaviero en dolorosa vigilia, espe-
rando, temiendo el derrumbe de su ser, su naufra-
gio en las gigantes aguas de la demencia. De estas
amargas horas de insomnio le quedó al Gaviero una
secreta herida de la que manaba en ocasiones la te-
nue linfa de un miedo secreto e innombrable. La al-
garabía de las cacatúas que cruzaban en bandadas
la rosada extensión del alba, lo devolvió al mundo

69

de sus semejantes y tornó a poner en sus manos las usuales herramientas del hombre. Ni el amor, ni la desdicha, ni la esperanza, ni la ira volvieron a ser los mismos para él después de su aterradora vigilia en la mojada y nocturna soledad de la selva.

JUAN GUSTAVO COBO BORDA (1948)

A pesar de su juventud, Cobo Borda es uno de los mejores poetas colombianos contemporáneos. La sencillez de formas hace que sus poemas sean muy atractivos. *Salón de té* (1979), *Ofrenda en el altar del bolero* (1979) y *Todos los poetas son santos e irán al cielo* (1983) son sus obras mejor acogidas por la crítica.

POÉTICA

*¿Cómo escribir ahora poesía,
por qué no callarnos definitivamente
y dedicarnos a cosas mucho más útiles?
¿Para qué aumentar las dudas,
revivir antiguos conflictos,
imprevistas ternuras;
ese poco de ruido
añadido a un mundo
que lo sobrepasa y anula?
¿Se aclara algo con semejante ovillo?
Nadie la necesita.
Residuo de viejas glorias,
¿a quién acompaña, qué heridas cura?*

AUTÓGRAFO

*A los poetas de antes
les pedían, generalmente, un acróstico.*

70

Sólo que ahora,
cuando el rencor es la única palabra
que sé pronunciar,
¿con qué enrevesada caligrafía
(letra palmer, ¿no?)
lograré transmitir el profundo desprecio
que hay en mí?
Aprieto los dientes, y sigo,
exento de todo romanticismo:
mi tarea consiste
en redactar notas necrológicas
dos o tres veces al año.
A quien se debate, también,
entre el abandono y la lástima:
tal podría ser la grandilocuente dedicatoria,
y luego los prolijos catorce versos,
llenos de almíbar.
Qué decirte
que no te hubieran dicho ya,
la muchacha de la casa, la tía solterona:
resignación y experiencia.
A los libros, quítales el polvo;
ordena el closet, y consigue aquellas matas
que siempre has querido para el balcón del aparta-
                                          [mento.
(La tragedia consérvala en secreto.)

RUE DE MATIGNON, 3

El viejo judío enfermo —su oficio es mirar—
levanta con el índice el párpado paralizado:
allí están los polvorientos estandartes del Empera-
                                          [dor.
Las leyendas del liberalismo
no han logrado enturbiar su gesto aristocrático.

71

Además, renegar de Yahvé, mendigar unos francos
no era, en verdad, asunto grave.
Quedaba el idioma, y el antiguo oficio de Dios
que es perdonar. Pero el desterrado no es hombre
[práctico:
desdicha y aflicción, como en toda biografía res-
[petable.
Mientras Matilde cotorrea,
Heine, aburrido, se demora en morir.

COSTA RICA

ISAAC FELIPE AZOFEIFA (1912)

Sus primeros contactos con la poesía estuvieron te-
ñidos de Modernismo, pero pronto abandonó esta
línea para profundizar en la temática humana. Des-
de sus primeras obras *(Trunca unidad,* 1958; *Vigilia
en pie de muerte,* 1961) se ganó una bien merecida
fama de excelente manejador del idioma. *Días y te-
rritorio* (1969) y *Cima del gozo* (1974) son, junto a
las anteriores, sus dos obras más conocidas.

SE OYE VENIR LA LLUVIA

La casa de mi infancia es de barro del suelo a la teja,
y de maderas apenas descuajadas, que en otro tiem-
[po obedecieron
hachas y azuelas en los cercanos bosques.
El gran filtro de piedra vierte en ella, tan grande,
su agua de fresca sombra.
Yo amo su silencio, que el fiel reloj del comedor
[vigila.
Me escondo en los muebles inmensos.

72

Abro la despensa para asustarme un poco
del tragaluz, que hace oscuros los rincones.
Corro aventuras inauditas cuando entro
en el huerto cerrado que me está prohibido.
En la penumbra de la tarde, que va cayendo lenta
sobre el mundo, el grillo del hogar canta de pronto,
y su estribillo triste riega en el aire quieto,
paz y sueño sabrosos.

Cuando venían las lluvias miraba los largos agua-
[ceros
desde el ancho cajón de las ventanas.
Nunca huele a tierra tanto como esa tarde.
Se oye la lluvia primero en el aire venir como un
[gigante
que se demora, lento, se detiene y no llega,
y luego, están ahí sus pies sobre las hojas, tambo-
[rileando,
rápidos, mojando,
y lavando sus manos deprisa, tan deprisa, los ár-
[boles,
el césped, los arroyos,
los alambres, los techos, las canoas.

Pero también su llanto desolado,
su sinrazón de ser triste, su acabarse de pronto,
sin objeto ni adiós,
para siempre en mi infancia, para siempre.

Llueve en mi alma ahora, como entonces.

AL ALBA SIEMPRE

El alba es un camino.
Por el alba se llega a la dulzura.

73

El aviso general de los gallos abre a la luz las puer-
[tas de la tierra.

El aire reparte una casta voz de campanas.
Un trino de pájaro rompe el cristal del cielo y riega
el silencio fresco de la madrugada.
El árbol duerme vuelto hacia sí mismo.
Tú, mi fiel compañía, dices
palabras irreales para salvar el sueño
que se aleja en el agua sutil de la noche.
Despierta titirando en el vacío
un ángel retardado.
Un fantasma, una sombra, un soplo, nada.
Y amanece.

Vida, mi vida, al alba siempre.

VIRGINIA GRUTER (1929)

Los inicios de esta autora estuvieron marcados por intentos de nuevas fórmulas expresivas. Poco a poco sus poemas se han ido decantando hacia la temática social, que cultiva con una gran maestría estética. *Dame la mano* (1954) fue el primer libro de una obra que todavía hoy no está muy difundida.

TÚ LLEGARÁS OLIENDO A MADRUGADA

Tú llegarás oliendo a madrugada
a musgo y a camino.
Traerás aún hojas desconocidas
Enredadas al pelo
Y no estarás cansado
Pero yo besaré tus ojos de águila

74

hasta secar la última lágrima
La última gota de sangre
Y con ramas de veranera y de bellísima
Limpiaré la pólvora
Que aún quede entre tus dedos.

LA VENTANA

Tenías dos pechos igual que yo
Y el pelo negro igual que yo
Y la boca pintada como yo la quería
Y usabas falda igual que yo
De tela floreada igual que yo
Y llevabas sandalias como yo
Y te arrastraban dos policías
Y dabas gritos en mitad de la calle
Y llevabas de rastras las sandalias
Y te sangraban los pies
Y desde adentro me llamó mi abuela
Y vino
Y cerró la ventana
Y me arrastró del pelo
Hasta lo más oscuro de la sala.

ALFONSO CHASE (1945)

El gran conocimiento que posee de la literatura
europea y norteamericana le ha ayudado a crear un
movimiento poético propio, basado en su especial
sensibilidad. De entre sus obras en verso destacan:
Para escribir sobre el agua y *Cuerpos.*

75

LOS MILAGROS POSIBLES

Nunca tuvimos al otoño
como pretexto para escribir un poema.
Tampoco teníamos puentes o górgolas
o inmensas catedrales donde esconder la tristeza
y abofetear a la melancolía.
Desde niños conocimos la extensión exacta
de la patria, la dimensión de sus bosques,
la altura de sus cordilleras y el rumor
de los ríos temblando adentro de los oídos.
Nunca tuvimos a la primavera con sus brotes,
o la nieve cayendo necia y obsesiva
sobre nuestras calles y parques.
Nunca tuvimos eso que ustedes cantan en sus poe-
                                                    [sías
y que nosotros entreveíamos desde un tren
alguna noche de profundo sueño. Nunca tuvimos
esto que amamos y sin embargo vivíamos en el co-
                                                    [razón
mismo de la nieve, en el músculo perfecto del hu-
                                                    [racán,
al lado del brote creciendo después del invierno.
Nada teníamos, pero todo estaba extendido en la
                                        [grandeza
del sonido de las chicharras, en la admirable pe-
                                                    [queñez
de un monte, coronado de ternura y sol,
la mañana en que íbamos hacia la escuela. Tenía-
                                                    [mos
una ración de fruta fresca en la mesa y no la veía-
                                                    [mos,
un pedazo de catarata en el sonido de los grillos
y una marmita de fuego en el centro de la rosa.
Todo lo amábamos nosotros que no teníamos nada:
la pluma del gorrón, el árbol con sus flores,

76

la pampa y el caballo y la tortilla crujiendo
entre las brasas, la mano que nos amó por vez pri-
[mera,
el beso dado detrás de alguna puerta. Todo eso era
el otoño que apenas descubrimos, la catedral del
[amor
de nuestra madre, la populosa muchedumbre en las
[palabras,
la vida aposentada en el quicio de la puerta, el gato
saltando de la tapia a nuestros brazos.
Y todo eso sin convertir el agua en vino,
caminar sobre las aguas o deslizarnos descalzos en-
[tre el fuego,
sólo con mirar los ojos de un muchacho una tarde
[de lluvia,
salpicada de barro, de sueños y de música.

CUBA

NICOLÁS GUILLÉN (1902)

La publicación en 1930 de *Motivos de son* vino a revolucionar el panorama literario cubano, primero, y el hispanoamericano, después. Guillén se adentró con esta obra en el mundo de la «poesía negra» o afroantillana. La búsqueda incesante de ritmos indígenas no marginó, sin embargo, el tema social. Las alteraciones, onomatopeyas y jitanjáforas (palabras o metáforas carentes de sentido, pero imaginativamente muy estimulantes) desfilan ante el lector en medio de un léxico sencillo. Con todo, sólo leyendo la obra de Guillén se entiende porqué siempre se dice de él que es uno de los mejores poetas del siglo XX. *Sóngoro Cosongo* (1931), *El son entero* (1949), *Elegías antillanas* (1955), *La rueda dentada* (1972) y *El*

77

diario que a diario (1972) son, junto a *Motivos de son,* los máximos hitos de la obra de Guillén.

MULATA

Yo ya me enteré, mulata,
mulata, ya sé que dice
que yo tengo la narice
como nudo de corbata.

Y fijate que tú
no ere tan adelantá,
porque tu boca e bien grande,
y tu pasa, colorá.

Tanto tren con tu cuerpo,
tanto tren;
tanto tren con tu boca,
tanto tren;
tanto tren con tu sojo,
tanto tren...

Si tú supiera, mulata,
la verdá;
¡que yo con mi negra tengo,
y no te quiero pa na!

SÓNGORO COSONGO

¡Ay, negra,
si tú supiera!
Anoche te vi pasar
y no quise que me viera.
A él tú le hará como a mí,

que cuando no tuve plata
te corrite de bachata,
sin acordarte de mí.

Sóngoro, cosongo,
songo be;
sóngoro cosongo
de mamey;
sóngoro, la negra
baila bien;
sóngoro de uno,
sóngoro de tré.

Aé,
vengán a ver;
aé, vamo pa ver;
¡vengan, sóngoro cosongo,
sóngoro cosongo
de mamey!

SIGUE...

Camina, caminante,
sigue;
camina y no te pare,
sigue.

Cuando pase por su casa
no le diga que me vite:
camina, caminante,
sigue.

Camina y no te pare,
sigue:
acuérdate de que e mala,
¡sigue!

CANTO NEGRO

¡Yambambó, yambambé!
Repica el congo solongo,
repica el negro bien negro;
congo solongo del Songo,
baila yambó sobre un pie.
Mamatomba,
serembe cuserembá.

El negro canta y se ajuma,
el negro se ajuma y canta,
el negro canta y se va.

Acuememe serembó
      aé;
      yambó,
      aé.

Tamba, tamba, tamba, tamba,
tamba del negro que tumba;
tumba del negro, caramba,
caramba, que el negro tumba:
¡yamba, yambó, yambambé!

CHÉVERE

Chévere del navajazo,
se vuelve él mismo navaja:
pica tajadas de luna,
mas la luna se le acaba;
pica tajadas de canto,
mas el canto se le acaba;
pica tajadas de sombra,
mas la sombra se le acaba,

y entonces pica que pica
carne de su negra mala.

PARÍS

El inocente indígena,
el decorado artista provincial
recién París, recién
Barrio Latino y tantas cosas
como la muchachita rubia,
el vino y la miseria,
está ni alumno ni maestro.

Pinta días en rosa.
Con el cincel desbasta (eso piensa) el futuro.
Con la pluma bordea imitaciones.
Discute a gritos,
discute a gritos de alba en alba
junto al cinc de bistrot,
de Modigliani y de Picasso,
de Verlaine, de Rimbaud.

Y América esperando.

PROBLEMAS DEL SUBDESARROLLO

Monsieur Dupont te llama inculto,
porque ignoras cuál era el nieto
preferido de Víctor Hugo.

Herr Müller se ha puesto a gritar,
porque no sabes el día
(exacto) en que murió Bismarck.

81

Tu amigo Mr. Smith,
inglés o yanqui, yo no lo sé,
se subleva cuando escribes shell.
(Parece que ahorras una ele,
y que además pronuncias chel.)

Bueno, ¿y qué?
Cuando te toque a ti,
mándales decir cacarajícara,
y que dónde está el Aconcagua,
y que quién era Sucre,
y en qué lugar de este planeta
murió Martí.

Un favor:
que te hablen siempre en español.

RETRATO DEL GORRIÓN

El gorrión es un ser municipal,
electoral,
gritón.
Su vestido habitual
es una blusa parda de algodón:
el pantalón
de tela igual.
(No lleva cinturón.)
Por último, glotón.
Señores, qué glotón es el gorrión.
Alimentarse no está mal,
pero hay que tener moderación,
como enseña el Manual
de Buena Educación.

Objeción
capital:

demasiado normal.
¿No habrá un gorrión
genial?

JOSÉ LEZAMA LIMA (1910-1976)

La sintaxis, el ritmo, las metáforas..., todo conduce en este cubano hacia una obra tremendamente elitista y hermética. Para él la poesía es la clave interpretativa del mundo, ya que éste sólo puede ser accesible en tanto que es presentado de forma poética. De sus obras en verso han cobrado una especial significación *La fijeza* (1949), *Analecta del reloj* (1953) y *Las eras imaginarias* (1971).

UNA OSCURA PRADERA ME CONVIDA

Una oscura pradera me convida,
sus manteles estables y ceñidos,
giran en mí, en mi balcón se aduermen.
Dominan su extensión, su indefinida
cúpula de alabastro se recrea.
Sobre las aguas del espejo,
breve la voz en mitad de cien caminos,
mi memoria prepara su sorpresa:
gamo en el cielo, rocío, llamarada.
Sin sentir que me llaman
penetro en la pradera despacioso,
ufano en nuevo laberinto derretido.
Allí se ven, ilustres restos,
cien cabezas, cornetas, mil funciones
abren su cielo, su girasol callando.
Extraña la sorpresa en este cielo,
donde sin querer vuelven pisadas

y suenan las voces en su centro henchido.
Una oscura pradera va pasando.
Entre los dos, viento o fino papel,
el viento, herido viento de esta muerte
mágica, una y despedida.
Un pájaro y otro ya no tiemblan.

AH, QUE TÚ ESCAPES

Ah, que tú escapes en el instante
en el que ya habías alcanzado tu definición mejor.
Ah, mi amiga, que tú no querías creer
las preguntas de esa estrella recién cortada,
que va mojando sus puntas en otra estrella enemiga.

Ah, si pudiera ser cierto que a la hora del baño,
cuando en una misma agua discursiva
se bañan el inmóvil paisaje y los animales más finos:
antílopes, serpientes de pasos breves, de pasos eva-
                                          [porados
parecen entre sueños, sin ansias levantar
los más extensos cabellos y el agua más recordada.

Ah, mi amiga, si en el puro mármol de los adioses
hubieras dejado la estatua que nos podía acompa-
                                          [ñar,
pues el viento, el viento gracioso,
se extiende como un gato para dejarse definir.

VARIACIONES DEL ÁRBOL

La caída del árbol le distingue.
Lento, si asciende, su atracción no crece.

84

Sólo el árbol, quedando empieza
a destruir su espacio; quemándose, retorna.

Ya en los ojos la imagen bien hilada,
las ramas vacilan en su incendio.
Y los ojos, las piedras, sus hojas abren
al nuevo siglo, que en mi sangre cruje.

Quedaba un árbol, su imagen y la noche.
Inmóvil fiera, pegada y voluntaria,
escarba con sus uñas, destruye con su aliento.

La noche se trenza con el árbol.
Duramente incorpora su espacio sobre el móvil
río que la destruye caminando.

JOSÉ ÁNGEL BUESA

A principios de 1943 tuvo lugar uno de los mayores fenómenos editoriales de la reciente historia cubana: la publicación de *Oasis*. Los libros se agotaron rápidamente y, desde entonces, continúan vendiéndose muy bien. La poesía de Buesa, de ahí su éxito, se cimenta en los sentimientos inmediatos, reconocibles para la inmensa mayoría. Lejos de las líneas «cultistas», sus versos llegan al lector con la sencillez y hondura propias de quien conoce profundamente la naturaleza humana.

SONETO DEL AHORCADO

El beodo narraba dificultosamente,
con hipos de agonía y vahos de aguardiente:
El, residuo de hombre, sin vigor ni decoro,
era el único dueño de un singular tesoro.

85

Y vi en su mano torpe, tal como una serpiente
de escamas de oro puro, la trenza reluciente:
su tesoro romántico, su reliquia —aunque ignoro
de quién era la trenza de cabellos de oro.

Y una noche de lluvia se colgó de una rama,
y un rechinar de dientes epilogó su drama
de recorrer a tientas las brumas del alcohol.

Y allí lo vimos todos, al inflamarse el día,
y en su cárdeno cuello la trenza relucía
cual si se hubiese ahorcado con un rayo de sol.

POEMA DEL OLVIDO

Viendo pasar las nubes fue pasando la vida,
y tú, como una nube, pasaste por mi hastío.
Y se unieron entonces tu corazón y el mío,
como se van uniendo los bordes de una herida.

Los últimos ensueños y las primeras canas
entristecen de sombra todas las cosas bellas;
y hoy tu vida y mi vida son como las estrellas,
pues pueden verse juntas, estando tan lejanas...

Yo bien sé que el olvido, como un agua maldita,
nos da una sed más honda que la sed que nos quita,
pero estoy tan seguro de poder olvidar...

Y miraré las nubes sin pensar que te quiero,
con el hábito sordo de un viejo marinero
que aún siente, en tierra firme, la ondulación del mar.

POEMA DEL RENUNCIAMIENTO

Pasarás por mi vida sin saber que pasaste.
Pasarás en silencio por mi amor y, al pasar,

86

fingiré una sonrisa, como un dulce contraste
del dolor de quererte... y jamás lo sabrás.

Soñaré con el nácar virginal de tu frente;
soñaré con tus ojos de esmeraldas de mar;
soñaré con tus labios desesperadamente;
soñaré con tus besos... y jamás lo sabrás.

Quizás pases con otro que te diga al oído
esas frases que nadie como yo te dirá;
y, ahogando para siempre mi amor inadvertido,
te amaré más que nunca... y jamás lo sabrás.

Yo te amaré en silencio, como algo inaccesible,
como un sueño que nunca lograré realizar;
y el lejano perfume de mi amor imposible
rozará tus cabellos... y jamás lo sabrás.

Y si un día una lágrima denuncia mi tormento
—el tormento infinito que te debo ocultar—,
te diré sonriente: «No es nada... Ha sido el viento.»
Me enjugaré la lágrima... y jamás lo sabrás.

POEMA DEL REGRESO

Vengo del fondo oscuro de una noche implacable,
y contemplo los astros con un gesto de asombro.
Al llegar a tu puerta me confieso culpable,
y una paloma blanca se me posa en el hombro.

Mi corazón humilde se detiene en tu puerta,
con la mano extendida como un viejo mendigo;
y tu perro me ladra de alegría en la huerta,
porque, a pesar de todo, sigue siendo mi amigo.

Al fin creció el rosal aquel que no crecía
y ahora ofrece sus rosas tras la verja de hierro:

87

Yo también he cambiado mucho desde aquel día,
pues no tienen estrellas las noches del destierro.

Quizás tu alma está abierta tras la puerta cerrada;
pero al abrir tu puerta, como se abre a un mendigo,
mírame dulcemente, sin preguntarme nada,
y sabrás que no he vuelto... porque estaba contigo.

CHILE

GABRIELA MISTRAL (1889-1957)

La obtención del Premio Nobel de literatura en 1945 vino a respaldar el prestigio como escritora que ya poseía. Su mundo poético está basado en lo cotidiano, en la sencillez de la infancia, en el amor, en la naturaleza; pero todos los temas aparecen siempre tratados desde una perspectiva doliente, hasta cierto punto amarga. Lucila Godoy Alcayaga —así se llamaba en realidad— sufrió en su vida dos fuertes reveses: el suicidio del hombre amado y el deseo frustrado de tener un hijo. Volcó el amor reservado para hijo y amante en los niños, en Dios y en la humanidad. Sólo por la ternura que rezuma cada uno de los versos ya merece la pena contemplar su obra. Sus libros más significativos: *Desolación* (1922), *Tala* (1938), *Ternura* (1944) y *Lagar* (1954).

LOS SONETOS DE LA MUERTE

I

Del nicho helado en que los hombres te pusieron
te bajaré a la tierra humilde y soleada.

88

Que he de morirme en ella los hombres no supieron
y que hemos de soñar sobre la misma almohada.

Te acostaré en la tierra soleada con una
dulcedumbre de madre para el hijo dormido,
y la tierra ha de hacerse suavidades de cuna
al recibir tu cuerpo de niño dolorido.

Luego iré espolvoreando tierra y polvo de rosas
y en la azulada y leve polvareda de luna,
los despojos livianos irán quedando presos.

Me alejaré cantando mis venganzas hermosas
¡porque a ese hondor recóndito la mano de ninguna
bajará a disputarme tu puñado de huesos!

II

Este largo cansancio se hará mayor un día,
y el alma dirá al cuerpo que no quiere seguir
arrastrando su masa por la rosada vía,
por donde van los hombres, contentos de vivir...

Sentirás que a tu lado cavan briosamente,
que otra dormida llega a la quieta ciudad.
Esperaré que me hayan cubierto totalmente...
¡y después hablaremos por una eternidad¡

Sólo entonces sabrás el porqué no madura
para las hondas huesas tu carne todavía,
tuviste que bajar, sin fatiga, a dormir.

Se hará luz en la zona de los sinos, oscura:
sabrás que en nuestra alianza signo de astros había
roto el pacto enorme, tenías que morir...

89

AUSENCIA

Se va de ti mi cuerpo gota a gota.
Se va mi cara en un óleo sordo;
se van mis manos en azogue suelto;
se van mis pies en dos tiempos de polvo.

¡Se te va todo, se nos va todo!

Se va mi voz, que te hacía campana
cerrada a cuanto no somos nosotros.
Se van mis gestos que se devanaban,
en lanzaderas, delante tus ojos.
Y se te va la mirada que entrega,
cuando te mira, el enebro y el olmo.

Me voy de ti con tus mismos alientos:
como humedad de tu cuerpo evaporo.
Me voy de ti con vigilia y con sueño,
y en tu recuerdo más fiel ya me borro.
Y en tu memoria me vuelvo como esos
que no nacieron en llanos ni en sotos.

Sangre sería y me fuese en las palmas
de tu labor, y en tu boca de mosto.
Tu entraña fuera, y sería quemada
en marchas tuyas que nunca más oigo,
y en tu pasión que retumba en la noche
como demencia de mares solos.

¡Se nos va todo, se nos va todo!

VERGÜENZA

Si tú me miras, yo me vuelvo hermosa
como la hierba a que bajó el rocío,

90

y desconocerán mi faz gloriosa
las altas cañas cuando baje el río.

Tengo vergüenza de mi boca triste,
de mi voz rota y mis rodillas rudas.
Ahora que me miraste y que viniste,
me encontré pobre y me palpé desnuda.

Ninguna piedra en el camino hallaste
más desnuda de luz en la alborada
que esta mujer a la que levantaste,
porque oíste su canto, la mirada.

Yo callaré para que no conozcan,
mi dicha los que pasan por el llano,
en el fulgor que da a mi frente tosca
y en la tremolación que hay en mi mano...

Es noche y baja a la hierba el rocío;
mírame largo y habla con ternura,
¡que ya mañana al descender al río
la que besaste llevará hermosura.

VICENTE HUIDOBRO (1893-1948)

Trató de encontrar nuevos moldes lingüísticos que acogieran sus necesidades expresivas. Las vanguardias francesas influyeron en él, pero antes de su primer viaje al viejo continente ya había tomado contacto con la experimentación. El Creacionismo, del que se declaraba autor, pretendía dotar a las palabras de un carácter mágico que iba mucho más allá de la simple comunicación. Huidobro logra una poesía evocadora de imágenes, eminentemente abstracta, libre de todas las trabas declarativas. La muerte

91

y la visión del cosmos enmarcan *Altazor* (1919), su
obra maestra.

ALTAZOR
(Fragmento)

Soy yo Altazor
Altazor
Encerrado en la jaula de su destino
En vano me aferro a los barrotes de la evasión po-
[sible
Una flor cierra el camino
Y se levantan como la estatua de las llamas.
La evasión imposible
Más débil marcho con mis ansias
Que un ejército sin luz en medio de emboscadas
Abrí los ojos en el siglo
En que moría el cristianismo.
Retorcido en su cruz agonizante
Ya va a dar el último suspiro
¿Y mañana qué pondremos en el sitio vacío?
Pondremos un alba o un crepúsculo
¿Y hay que poner algo acaso?
La corona de espinas
Chorreando sus últimas estrellas se marchita
Morirá el cristianismo que no ha resuelto ningún
[problema
Que sólo ha enseñado plegarias muertas.
Muere después de dos mil años de existencia
Un cañoneo enorme pone punto final a la era cris-
[tiana
El Cristo quiere morir acompañado de millones de
[almas

Hundirse con sus templos
Y atravesar la muerte con un cortejo inmenso

92

Mil aeroplanos saludan la nueva era
Ellos son los oráculos y las banderas

Hace seis meses solamente
Dejé la ecuatorial recién cortada
En la tumba guerrera del esclavo paciente
Corona de piedad sobre la estupidez humana.
Soy yo que estoy hablando en este año de 1919
Es el invierno
Ya la Europa enterró todos sus muertos
Y un millar de lágrimas hacen una sola cruz de nieve
Mirad esas estepas que sacuden las manos
Millones de obreros han comprendio al fin
Y levantan al cielo sus banderas de aurora
Venid, venid, os esperamos porque sois la esperanza
La única esperanza
La última esperanza

Soy yo Altazor el doble de mí mismo
El que se mira obrar y se ríe del otro frente a frente
El que cayó de las alturas de su estrella
Y viajó veinticinco años
Colgado al paracaídas de sus propios prejuicios
Soy yo Altazor el del ansia infinita
Del hambre eterno y descorazonado
Carne labrada por arados de angustia
¿Cómo podré dormir mientras haya adentro tierras
*   [desconocidas?*
Problemas
Misterios que se cuelgan a mi pecho
Estoy solo
La distancia que va de cuerpo a cuerpo
Es tan grande como la que hay de alma a alma
Solo
*   Solo*
*   Solo*

Estoy solo parado en la punta del año que agoniza
El universo se rompe en olas a mis pies
Los planetas giran en torno a mi cabeza
Y me despeinan al pasar con el viento que desplazan
Sin dar una respuesta que llene los abismos
Ni sentir este anhelo fabuloso que busca en la fauna
                                          [del cielo
Un ser materno donde se duerma el corazón
Un lecho a la sombra del torbellino de enigmas
Una mano que acaricie los latidos de la fiebre.
Dios diluido en la nada y el todo
Dios todo y nada
Dios en las palabras y en los gestos
Dios mental
Dios aliento
Dios joven Dios viejo
Dios pútrido
              lejano y cerca
Dios amasado a mi congoja

Sigamos cultivando en el cerebro las tierras del error
Sigamos cultivando las tierras veraces en el pecho
Sigamos
Siempre igual como ayer mañana y luego y después
No
No puede ser. Cambiemos nuestra suerte
Quememos nuestra carne en los ojos del alba
Bebamos la tímida lucidez de la muerte
La lucidez polar de la muerte.
Canta el caos al caos que tiene pecho de hombre
Llora de eco en eco por todo el universo
Rodando con sus mitos entre alucinaciones
Angustia de vacío en alta fiebre
Amarga conciencia del vano sacrificio
De la experiencia inútil del fracaso celeste
Del ensayo perdido

94

Y aun después que el hombre haya desaparecido
Que hasta su recuerdo se queme en la hoguera del
[tiempo
Quedará un gusto a dolor en la atmósfera terrestre
Tantos siglos respirada por miserables pechos pla-
[ñideros
Quedará en el espacio la sombra siniestra
De una lágrima inmensa
Y una voz perdida aullando desolada
Nada nada nada
No
No puede ser
Consumamos el placer
Agotemos la vida en la vida
Muera la muerte infiltrada de rapsodias langurosas
Infiltrada de pianos tenues y banderas cambiantes co-
[mo crisálidas
Las rocas de la muerte se quejan al borde del mundo
El viento arrastra sus florescencias amargas
Y el desconsuelo de las primaveras que no pueden
[nacer

PABLO NERUDA (1904-1973)

Se dice con frecuencia que es el «poeta de América», y, en cierto sentido, no se puede desmentir esta afirmación. Neftalí Ricardo Reyes Basoalto, que así se llamaba, creó un Neruda enamorado, otro combativo, un tercero experimentador, otro más panamericano...; en definitiva, creó un poeta ocupado de todos los problemas de su tiempo; trabajó en la lucha política y social, pero sin olvidar el amor o la belleza formal. Algunas de sus obras: *Veinte poemas de amor y una canción desesperada* (1924), *Residencia en la tierra* (1931-1935), *Canto general* (1950), *Los*

95

versos del capitán (1953), *Estravagario* (1958), *Fulgor y muerte de Joaquín Murieta* (1967).

POEMA V

*Para que tú me oigas
mis palabras
se adelgazan a veces
como las huellas de las gaviotas en las playas.*

*Collar, cascabel ebrio
para tus manos suaves como las uvas.*

*Y las miro lejanas mis palabras.
Más que mías son tuyas.
Van trepando en mi viejo dolor como las yedras.
Ellas trepan así por las paredes húmedas.
Eres tú la culpable de este juego sangriento.*

*Ellas están huyendo de mi guarida obscura.
Todo lo llenas tú, todo lo llenas.*

*Antes que tú poblaron la soledad que ocupas,
y están acostumbradas más que tú a mi tristeza.*

*Ahora quiero que digan lo que quiero decirte
para que tú oigas como quiero que me oigas.
El viento de la angustia aún las suele arrastrar.
Huracanes de sueños aún a veces las tumban.*

*Escuchas otras voces en mi voz dolorida.
Llanto de viejas bocas, sangre de viejas súplicas.
Ámame, compañera. No me abandones. Sígueme.
Sígueme, compañera, en esa ola de angustia.*

96

Pero se van tiñendo con tu amor mis palabras.
Todo lo ocupas, tú, todo lo ocupas.

Voy haciendo de todas un collar infinito
para tus blancas manos, suaves como las uvas.

POEMA XX

Puedo escribir los versos más tristes esta noche.

Escribir, por ejemplo: «La noche está estrellada,
y tiritan, azules, los astros, a lo lejos.»

El viento de la noche gira en el cielo y canta.

Puedo escribir los versos más tristes esta noche.
Yo la quise, y a veces ella también me quiso.

En las noches como ésta la tuve entre mis brazos.
La besé tantas veces bajo el cielo infinito.

Ella me quiso, a veces yo también la quería.
¡Cómo no haber amado sus grandes ojos fijos!

Puedo escribir los versos más tristes esta noche.
Pensar que no la tengo. Sentir que la he perdido.

Oír la noche inmensa, más inmensa sin ella.
Y el verso cae al alma como al pasto el rocío.

¡Qué importa que mi amor no pudiera guardarla!
La noche está estrellada y ella no está conmigo.

Eso es todo. A lo lejos alguien canta. A lo lejos.
Mi alma no se contenta con haberla perdido.

97

Como para acercarla mi mirada la busca.
Mi corazón la busca, y ella no está conmigo.

La misma noche que hace blanquear los mismos ár-
　　　　　　　　　　　　　　　　　　　　　[boles.
Nosotros, los de entonces, ya no somos los mismos.

Ya no la quiero, es cierto, pero cuánto la quise.
Mi voz buscaba al viento para tocar su oído.

De otro. Será de otro. Como antes de mis besos.
Su voz, su cuerpo claro. Sus ojos infinitos.

Ya no la quiero, es cierto, pero cuánto la quise.
Es tan corto el amor, y es tan largo el olvido.

Porque en noches como ésta la tuve entre mis bra-
　　　　　　　　　　　　　　　　　　　　　[zos,
mi alma no se contenta con haberla perdido.

Aunque éste sea el último dolor que ella me causa,
y éstos sean los últimos versos que yo le escribo.

LAS VIDAS

¡Ay qué incómoda a veces
te siento
conmigo, vencedor entre los hombres!

Porque no sabes
que conmigo vencieron
miles de rostros que no puedes ver,
miles de pies y pechos que marcharon conmigo,
que no soy,
que no existo,

98

que sólo soy la frente de los que van conmigo,
que soy más fuerte
porque llevo en mí
no mi pequeña vida
sino todas las vidas,
y ando seguro hacia adelante
porque tengo mil ojos,
golpeo con peso la piedra
porque tengo mil manos
y mi voz se oye en las orillas
de todas las tierras
porque es la voz de todos
los que no hablaron,
de los que no cantaron
y cantan hoy con esta boca
que a ti te besa.

LA BANDERA

Levántame conmigo.

Nadie quisiera
como yo quedarse
sobre la almohada en que tus párpados
quieren cerrar el mundo para mí.
Allí también quisiera
dejar dormir mi sangre
rodeando tu dulzura.

Pero levántate,
tú, levántate,
pero conmigo levántate
y salgamos reunidos
a luchar cuerpo a cuerpo
contra las telarañas del malvado,

contra el sistema que reparte el hambre,
contra la organización de la miseria.

Vamos,
y tú, mi estrella, junto a mí,
recién nacida de mi propia arcilla,
ya habrás hallado el manantial que ocultas
y en medio del fuego estarás
junto a mí,
con tus ojos bravíos,
alzando mi bandera.

CANTO GENERAL
(Fragmento)

Antes de la peluca y la casaca
fueron los ríos, ríos arteriales:
fueron las cordilleras, en cuya onda raída
el cóndor o la nieve parecían inmóviles:
fue la humedad y la espesura, el trueno
sin nombre todavía, las pampas planetarias.

El hombre tierra fue, vasija, párpado
del barro trémulo, forma de la arcilla,
fue cántaro caribe, piedra chibcha,
copa imperial o sílice araucana.
Tierno y sangriento fue, pero en la empuñadura
de su arma de cristal humedecido,
las iniciales de la tierra estaban
escritas.
          Nadie pudo
recordar después: el viento
las olvidó, el idioma del agua
fue enterrado, las claves se perdieron
o se inundaron de silencio o sangre.

100

No se perdió la vida, hermanos pastorales.
Pero como una rosa salvaje
cayó una gota roja en la espesura,
y se apagó una lámpara de tierra.

ECUADOR

JORGE CARRERA ANDRADE (1903-1979)

Sus poemas siempre están presididos por una gran belleza formal. La lectura de sus libros revela una trayectoria cada vez más simbólica y barroca, que, poco a poco, se convierte en un decidido proceso de introspección. *El estanque inefable* (1922), *Aquí yace la espuma* (1945) y *El alba llama a la puerta* (1966) son tres obras significativas de un autor que situó al hombre y su país por encima de cualquier otra cosa.

EL HOMBRE DEL ECUADOR
BAJO LA TORRE EIFFEL

Te vuelves vegetal a la orilla del tiempo.
Con tu copa de cielo redondo
y abierta por los túneles del tráfico,
eres la ceiba máxima del Globo.

Suben los ojos pintores
por tu escalera de tijera hasta el azul.

Alargas sobre una tropa de tejados
tu cuello de llama del Perú.
Arropada en los pliegues de los vientos,
con tu peineta de constelaciones,
te asomas al circo
de los horizontes.

Mástil de una aventura sobre el tiempo.
Orgullo de quinientos treinta codos.
Pértiga de la tienda que han alzado los hombres
en una esquina de la historia.
Con sus luces gaseosas,
copia la vía láctea tu dibujo en la noche.

Primera letra de un Abecedario cósmico,
apuntada en la dirección del cielo;
esperanza parada en zancos;
glorificación del esqueleto.

Hierro para marcar el rebaño de nubes
o mundo centinela de la edad industrial.
La marea del cielo
mina en silencio tu pilar.

VERSIÓN DE LA TIERRA

Bienvenido, nuevo día:
Los colores, las formas
vuelven al taller de la retina.

He aquí el vasto mundo
con su envoltura de maravilla:
La virilidad del árbol.
La condescendencia de la brisa.

El mecanismo de la rosa.
La arquitectura de la espiga.

Su vello verde la tierra
sin cesar cría.

La savia, invisible constructora,
en andamios de aire edifica

102

y sube los peldaños de la luz
en volúmenes verdes convertida.

El río agrimensor hace
el inventario de la campiña.
Sus lomos oscuros lava en el cielo
la orografía.

He aquí el mundo de pilares vegetales
y de rutas líquidas,
de mecanismos y arquitecturas
que un soplo misterioso anima.

Luego, las formas y los colores amaestrados,
el aire y la luz viva
sumados en la Obra del Hombre,
vertical en el día.

NUEVA ORACIÓN POR EL EBANISTA

Tú, que ibas con tu padre carpintero
a la altura, Señor, a cortar abedules
y hacías con tus ojos
parpadear los mil ojos diminutos del hacha
y con tus tiernas manos llorar a las cortezas,
ten piedad por este hombre que hizo plana su vida
como una mesa humilde de madera olorosa.

No conoció del mundo
más que su casa, pobre barco en tierra,
y dio a su corazón la actitud de una silla
en espera de todos los cansancios.

Guía, Señor, sus pies por los bosques del cielo
y hazle encontrar sus muebles de madera

103

más adictos que perros que no enseñan los dientes
y olfatean los seres de la noche...
En tu celeste fábrica dale para sus manos
la garlopa del tiempo
y virtudes de nubes con aserrín de estrellas.

RAFAEL DÍAZ ICAZA (1925)

Formó parte del grupo «Madrugada», que buscaba innovaciones poéticas pero partiendo de una situación política comprometida. Su obra, basada en la sinceridad y la ternura, atrapa inmediatamente la atención del lector.

INSOMNIO

Soy el náufrago, madre, y te llamo en la noche,
desolado, en el firme marchar hacia la muerte,
y de golpe me asalta la ternura infinita
de los primeros años. Y necesito saber que te hallas
cerca, que tu lámpara vela, puntual, cerca de mí.

Necesito tu vaso para la mala sombra de las pesadi-
                                                    [llas,
tu báculo de nogal para el descenso en los sueños
absurdos tu desencantada sonrisa y tu manos sobre
                                           [mis cabellos.

Desolado, desde la malanoche, rompo mis puños en
                                  [puertas infinitas
y llamo, y nadie me abre.
Madre: dame la llave de tus alacenas,
soy un hombre perdido bajo la lluvia gris:
enciende la cerilla más tenue para que yo camine.

104

Atravlesan la sombra, desde los pórticos del alba,
la novia y su pañuelo de azafrán y nácar,
la querida con sus besos impuros,
todas las esperanzas y todos los fracasos,
todos los malabares y los equilibrios en la cuerda
[floja.

Vuelve el hombre, desde su madurez y de su pode-
[río,
hasta la comarca en que lloraba solo bajo la noche
[inmensa,
y vuelven a soltarse los mastines y a derramarse el
[vino de los odres,
y a señalar con los índices al niño desvalido:
«He aquí al que come los panes del lamento y la an-
[gustia.»
Madre: un oscuro terror, una cierta sensación de
[culpa
hay en este hombre ciego que empuña las aldabas
de las casas sin dueño, en su erranza en la Noche.

FERNANDO CAZÓN VERA (1935)

En un país tan dado a los grupos poéticos como es Ecuador, resulta extraño encontrarse con autores que, manteniéndose al margen de los grupos, lleguen a obtener el reconocimiento que se merecen. Tal es el caso de F. Cazón. Sus poemas caminan entre los temas sociales y religiosos: los títulos de algunas de sus obras *(El enviado, La misa, Poemas comprometidos)* son una buena muestra de ello.

EL ULTIMO RECADO

A esta hora, amor mío, me sacarán las uñas
y no podré escribirte.

105

Y todo el pensamiento que guardaba,
todo lo que me dio tu cuerpo, nuestras noches,
la historia que vivimos de silencio en silencio,
las más tiernas palabras cruzadas en voz baja,
me lo han gastado a golpes.
        Me arrancaron
los sonidos, primero,
luego las maldiciones y los gritos
y hasta el dulce sollozo que guardaba para el nacer
                                              [del
hijo me lo enrostraron como cobardía.

Había que decir algo,
repetir un nombre que aún no conocía,
contarles de mis muertos
y del itinerario que han de seguir los hombres
cuando van a estar solos.
Me sacaron con sangre tantas cosas,
que he deseado ser lobo para aullar.
        Pero nada
les importó que estos dolores que hablaron
en sucesivas lenguas.
Nada quisieron saber de mi corazón, nada
de la alegría que me dieron los otros.
Se me llevaron
        para siempre el sueño.
Me doblegaron a vergüenzas.
Amor mío, nadie vino a salvarme,
        ni siquiera
ese cadáver que he temido tanto.
Pero me han contagiado con sus odios,
también me han transferido sus sogas y cuchillos,
sus dientes apretados
y la interrogación siempre incesante.
Por eso, tengo miedo
de haber sobrevivido.

106

De volver a crecer sin esas cosas
que tú y yo comprendimos bajo la luz del día.
Y que tenga que darte
en lugar de mi mundo generoso
una terrible llama para quemar la tierra.

Voy a tener vergüenza de mirarte desnuda.
Y es que todo no puede ser lo mismo.
Ya no será el amor
que íbamos a tomar del mismo plato.

A otra hora, mi amada, volverán,
me irán pisando el rostro
        y el cuerpo
        y la memoria
hasta que lleguen a mi celda
hasta empezar de nuevo.
        Y tengo miedo
de no saber, de no haberme enterado
de todos los sucesos y nombres y consignas,
de toda aquella sucia
        delegación que me piden.

EL SALVADOR

CLAUDIA LARS (1899-1974)

Su poesía, próxima en muchos aspectos a la de Neruda, aparece siempre tintada por elementos trágicos y obsesivos: la muerte recorre todas sus obras. Carmen Brannon —su verdadero nombre— publicó libros como *Estrella en el pozo* (1934) y *Sonetos del Arcángel* que la situaron en la cima de la lírica hispanoamericana.

NIÑO DE AYER

Eras niño de niebla
casi en la nada;
nombre de mi sonrisa
detrás del alma.

Y era un barco dichoso
de tanto viaje
y un ángel marinero
bajo mi sangre.

Subías como el lirio,
como las algas;
en tu peso crecía
la madrugada.

Y alzando el aire joven
sus ademanes
ya marcaba tu fuerza
de vivos mástiles.

¡Prado de nieve limpia,
bosque de llamas!...
Y tú, semilla dulce,
bien enterrada.

Escondido en mi pulso,
sin entregarte;
pulsando en los temores
de mi quién sabe.

Buscabas en mi pecho
bulto y palabra;
entre mis muertos ibas
buscando cara.

Salías de la torre
de las edades
y en las lunas futuras
dabas señales.

No creas que te cuento
cosas de fábula:
para que me comprendas
coge esta lágrima.

PALABRAS DE LA NUEVA MUJER

Como abeja obstinada
exploro inefables reinos
que desconoces
y al entrar en la memoria de tu corazón
señalo parajes virginales.

¡Aquí la eternidad
modificando nuestro minuto!
No puedo ser abismo:
con la luz se hacen viñedos
y retamas.

Pertenezco a la desnudez
de mi lenguaje
y he quemado silencios y mentiras
sabiendo que transformo
la historia de las madres.

Mujer.
Sólo mujer.
¿Entiendes?
Ni pajarilla del necesario albergue,
ni alimento para deseosos animales,

109

ni bosque de campánulas donde el cielo se olvida
ni una hechicera con sus pequeños monstruos.

¡Oh poderes del hombre
alzando mutaciones
de frágiles rostros!
¡Oh esplendor oculto en mi santuario
ya bajo la excelencia
de íntimos ángeles!
¿Logra mi amor decirte
que busco un amante
con frente inmortal?

ESPEJO

En el espejo se perdió la niña de antes,
con sus siete caminos primaverales
y una estrella de lágrimas en el corazón.

El espejo come rostros
y tiempo.

Hoy aparece en su cristal una mujer entristecida.
Quizás también la muerte.
Pero a la muerte..., ¿quién la ve?

ROQUE DALTON GARCÍA (1935-1975)

Desde muy joven inicia una intensa actividad política que le lleva al exilio y la muerte a manos de extremistas del propio grupo en el que militaba. Su poesía sincera, humana y solidaria se encuentra en un lugar de privilegio dentro de las letras centroamericanas. *El mar* (1962), *Los testimonios* (1964) y *Ta-*

110

berna y otros poemas (1969), entre otros, reflejan unas vivencias apasionadas y esperanzadas.

EL VANIDOSO

Yo sería un gran muerto.

Mis vicios entonces lucirían como joyas antiguas
con esos deliciosos colores del veneno.
Habría flores de todos los aromas en mi tumba
e imitarían los adolescentes mis gestos de júbilo,
mis ocultas palabras de congoja.

Tal vez alguien diría que fui leal y fui bueno.
Pero solamente tú recordarías
mi manera de mirar a los ojos.

YO ESTUDIABA EN EL EXTRANJERO EN 1953

Era la época en que yo juraba
que la Coca Cola uruguaya era mejor que la Coca
[Cola chilena
y que la nacionalidad era una cólera llameante
como cuando una tipa de la calle Bandera
no me quiso vender otra cerveza
porque dijo que estaba ya demasiado borracho
y que la prueba era que yo hablaba harto raro
haciéndome el extranjero
cuando evidentemente era más chileno que los po-
[rotos.

EL DESCANDO DEL GUERRERO

Los muertos están cada día más indóciles.

Antes era fácil con ellos:

111

les dábamos un cuello duro una flor
loábamos sus nombres en una larga lista:
que los recintos de la patria
que las sombras notables
que el mármol monstruoso.

El cadáver firmaba en pos de la memoria:
iba de nuevo a filas
y marchaba al compás de nuestra vieja música.

Pero qué va
los muertos
son otros desde entonces.

Hoy se ponen irónicos
preguntan.

Me parece que caen en la cuenta
de ser cada vez más la mayoría.

PERMISO PARA LAVARME

Nunca entendí lo que es un laberinto
hasta que cara a cara con mí mismo
perfil hurgara en el espejo matutino
con que me lavo el polvo y me preciso.

Porque así somos más de lo que fuimos
a la orilla del sol alado y fino:
de sangre reja y muro bien vestidos
de moho y vaho y rata amados hijos.

DAVID ESCOBAR GALINDO (1944)

En su obra destaca, ante todo, la belleza formal,
pero esto no implica que se inhiba de los temas so-

112

ciales. David Escobar no es un combatiente político; la solidaridad y humanidad de sus poemas van encaminadas a una visión global del hombre que parte de lo autobiográfico. A pesar de su juventud, ha escrito ya más de una veintena de libros *(Vigilia memorable* (1972), *Destino manifiesto* (1972) y *Cornamusa* (1975).

YO NO SOY...

Yo no soy Pedro,
Juan,
ni Segismundo.

Yo no soy pura sangre,
ni mestizo,
ni natural del valle o de la estepa.

Mi pensamiento es un pequeño mundo.
Un mundo de orfandad de pura cepa.

Vine de no sí dónde,
un día en que unas manos
se estrecharon a medias.

Y tú —poesía, viento—
ni lo haces más atroz,
ni lo remedias.

Yo no soy Gran Collar,
ni estoy triste,
ni creo en la derrota.

Admiro el rostro inmenso del océano,
pero prefiero el brillo
de una gota.

Me gusta la verdad de los que esperan,
y el amor
hecho vida.

Y creo en el retorno de los tiempos,
en otra dimensión
desconocida.

Recuerdo vagamente algunos signos,
algún destellos de mitología,
alguna forma gris de echar la suerte.

Y no le tengo miedo a lo que venga:
ni al ojo solapado de la vida,
ni al párpado sincero de la muerte.

Yo no soy la bandera,
ni el perdón,
ni el cayado.

No soy el que descubre,
ni el que salva
o reclama ser salvado.

Yo no soy Pedro,
Juan,
ni Segismundo.

Yo soy un soplo de aire.
Un sonido que pasa.
El sonido fugaz de un milagro profundo.

Pues soy más que la carne misteriosa
en que alguien —una vez—
me trajo al mundo.

114

GUATEMALA

MIGUEL ÁNGEL ASTURIAS (1899-1974)

Conocido universalmente como prosista, recibió el Premio Nobel de Literatura en 1967. Reserva la poesía para acercarse, partiendo de su intimidad, al paraíso que él mismo sitúa en el pasado guatemalteco. Su interés por el mundo maya le lleva a profundizar en la literatura precolombina y a integrar en su universo poético la concepción del mundo de los primitivos pobladores de Guatemala. *Sien de alondra* (1949), *Sonetos de Italia* (1965) y *Clarivigilia primaveral* (1965) son sus libros de versos más conocidos.

AUTOQUIROMANCIA

Leo en la palma de mi mano,
Patria, tu dulce geografía.
Sube la línea de mi vida
con trazo igual a tus volcanes
y luego baja como línea
de corazón hasta mis dedos.

Mis manos son tu superficie,
la estampa viva de tu tacto.
Mapa con montes, montes, montes,
los llamaré Cuchumatanes,
como esas cumbres que el zafiro
del Mar del Sur ve de turquesa.

El Tacaná, dedo gigante,
guarde la entrada del asombro
donde el maíz se vuelve grano
ya comestible para el hombre,
cereal humano de tu carne.

El monte claro de la luna
es en tu mano lago abuelo
con doce templos a la orilla.
De allí partió tu pueblo niño
—modela, pinta, esculpe, teje—
a la conquista de la aurora.

Polvo de luz en la tiniebla,
línea de sol en la canora
carne del cuenco de mi mano,
caracol hondo en que palpitan
atlantes ríos acolchados
y otros más rápidos, suicidas.

Oigo pegando mis oídos
al mapa vivo de tu suelo
que llevo aquí, aquí en las manos,
repicar todas tus campanas,
parpadear todas tus estrellas.

Al desposarme con mi tierra
haced, amigos, mi sortija
con la luciérnaga más sola.
La inmensa noche de mi muerte
duerma mi sien sobre mi mano
con la luciérnaga más sola.

LA LUZ CORRE DESNUDA POR EL RÍO

La luz corre desnuda por el río
huyendo sin cesar en lo movible
de la profundidad, del hondo frío
en que empieza la sombra y lo invisible.

La conoció al nacer, era rocío,
no este vano correr tras lo imposible,

116

imagen del humano desafío
a la divinidad. Sueño apacible

que endulza los saleros de los ojos,
mesa frugal y paz es lo que anhela
navegante, soldado y rey de antojos;

pero ¡ay! del ¡ay! del alma, no se alcanza
a volver con los remos y la vela
al puerto en que dejamos la esperanza.

CREDO

¡Credo en la Libertad, Madre de América,
creadora de mares dulces en la tierra,
y en Bolívar, su hijo, Señor Nuestro
que nació en Venezuela, padeció
bajo el poder español, fue combatido,
sintiéndose muerto sobre el Chimborazo,
resucitó a la voz de Colombia,
tocó al Eterno con sus manos
y está parado junto a Dios!

¡No nos juzgues, Bolívar, antes del día último,
porque creemos en la comunión de los hombres
que comulgan con el pueblo, sólo el pueblo
hace libres a los hombres, proclamamos
guerra a muerte y sin perdón a los tiranos,
creemos en la resurrección de los héroes
y en la vida perdurable de los que como Tú,
Libertador, no mueren, cierran los ojos y se que-
[dan velando!

117

LUIS CARDOZA Y ARAGÓN (1904)

Participa activamente en política, hecho que le lleva a exilios más o menos prolongados. En sus inicios estuvo muy próximo al surrealismo y las vanguardias parisienses; de ahí le ha quedado un deseo constante de nuevas formas expresivas para comunicar la desagradable realidad que conoce. De sus obras en verso destacan *Maelstrom* (1929), *Luna Park* (1943) y *Guatemala: las líneas de su mano* (1955).

LUNA PARK

Hombre de hoy,
Cosmopolita,
Nacido en el vértigo de los aires
A una altura en que la tierra ya no se veía,
Con un algo de sangre de múltiples razas
Y un grano de mirra de eternas creencias.
Hombre sin pasado ni futuro:
Ebrio del minuto que fluye gota a gota
De la arteria rota
De la vida del mundo.
¡Hombre!

Su calzado lo limpia
Con la bandera
De no se sabe qué país.
El Soldado Desconocido
Que veneran los pueblos
Bajo el Arco del Triunfo
Es el cadáver de un soldado enemigo.
Porque teme a la muerte,
Disfruta del presente: boca de mujer.

118

El Misterio es Misterio.
El Pasado ya el muerto.
El futuro es un feto.

¡Que la juventud se vaya!
Como agua en las manos,
Y no darla estéril a la muerte
Robándola al vigor noble del mundo:
Las fuentes de la vida
Deben dar toda su savia
A la hembra
Y florecer sobre sus carnes:
¡Eternicémonos también con la gloria de la sangre!

Hombre de hoy,
Cosmopolita,
Nacido en el vértigo de los aires
A una altura en que la tierra ya no se veía,
Con un algo de sangre de múltiples razas
Y un grano de mirra de eternas creencias.
Hombre sin pasado ni futuro:
Ebrio del minuto que fluye gota a gota
De la arteria rota
De la vida del mundo
¡HOMBRE!

OTTO RENÉ CASTILLO (1936-1967)

Muere a manos del ejército por ser integrante de las Fuerzas Armadas Rebeldes de su país. La extensa producción de Otto René Castillo es una continua denuncia de las injusticias cotidianas; sin embargo, el amor y la ternura no aparecen marginados en sus libros. En *Tecún Umán* (1964) y *Vamos, Patria, a caminar* (1965) encontramos lo mejor de su obra.

Vamos, Patria, a caminar

Pequeña patria mía, dulce tormenta,
un litoral de amor elevan mis pupilas
y la garganta se me llena de silvestre alegría
cuando digo patria, obrero, golondrina.
Es que tengo mil años de amanecer agonizando
y acostarme cadáver sobre tu nombre inmenso,
flotante sobre todos los alientos libertarios,
Guatemala, diciendo patria mía, pequeña campe-
                                        [sina...

Ay, Guatemala, cuando digo tu nombre retorno a
                                        [la vida.
Me levanto del llanto a buscar tu sonrisa.
Subo las letras del alfabeto hasta la A
que desemboca al Viento lleno de alegría
y vuelvo a contemplarte como eres,
una raíz creciendo hacia la luz humana
con toda la presión del pueblo a las espaldas.
¡Desgraciados los traidores, madre mía, desgracia-
                                        [dos!
¡Ellos conocerán la muerte de la muerte hasta la
                                        [muerte!

¿Por qué nacieron hijos tan viles de madre cari-
                                        [ñosa?
Así es la vida de los pueblos, amarga y dulce,
pero su lucha lo resuelve todo humanamente.
Por ello, patria, van a nacerte madrugadas,
cuando el hombre revise luminosamente su pasado.

Por ello, patria,
cuando digo tu nombre se rebela mi grito
y el viento se escapa de ser viento.
Los ríos se salen de su curso meditado

120

y vienen en manifestación para abrazarte.
Los mares conjugan en sus olas y horizontes
tu nombre herido de palabras azules, limpio,
para llevarte hasta el grito acantilado del pueblo,
donde nadan los peces con aletas de auroras.

La lucha del hombre te redime en la vida.
Patria, pequeña, hombre y tierra y libertad
cargando la esperanza por los caminos del alba.
Eres la antigua del dolor y el sufrimiento.
La que marcha con un niño de maíz entre los bra-
                                           [zos,
la que inventa huracanes de amor y de cerezales
y se va redonda sobre la paz del mundo,
para que todos amen un poco de su nombre:
un pedazo brutal de sus montañas
a la heroica mano de sus hijos guerrilleros.

Pequeña patria, dulce tormenta mía,
canto ubicado en mi garganta
desde los siglos del maíz rebelde:
tengo mil años de llevar tu nombre
como un pequeño corazón futuro,
cuyas alas comienzan a abrirse a la mañana.

HONDURAS

CLAUDIO BARRERA (1912-1971)

Trata de superar con sus poemas las odas cursis y melosas que durante tiempo acapararon la estética hondureña. Concibe la poesía como altavoz del sentir popular —en la línea de Neruda—, pero no sólo desde un punto de vista político o social, sino como expresión de los anhelos e insatisfacciones de sus gen-

121

tes. En 1965 Claudio Barrera (seudónimo de Vicente Alemán) editó *Poesía completa,* libro que recoge toda su producción anterior.

ELEGÍA DE PENUMBRA

*¡Cómo mataron la madrugada
con una lanza de media noche.
Cómo mataron
la luz del Alba!*

*Gritos de guardias civiles
despertaron la alborada
para llenarla de sangre
junto a la hierba...
Junto a la hierba...*

*No era los olivares de Andalucía.
Eran las torres altas de su Granada.
Cuando cayó la sangre
se ocultó entre naranjos la madrugada.*

*No hubo luz en la noche
ni en la mañana
pues los guardias civiles
la asesinaron...
La asesinaron...*

*Cuando cayó la sangre sobre Granada
todos se enmudecieron y se espantaron.
Sangre de verso nuevo roto en su cuna
y en el pecho del mundo llanto escondido.
Cuando cayó la sangre
no pudieron tirarla sobre el olvido.*

122

¡Y mataron el Alba!
¡Y mataron el Alba!

Y amaneció llorando un cielo roto
y una sombra terrible —negra y profunda—
cayó sobre nosotros
gota por gota...

Y los guardias civiles la asesinaron...
La asesinaron...

UN PEDAZO DE TIERRA

Un pedazo de tierra,
es también paz y sombra y compañía.
Además de pedazo de tierra.

Es amor en la ausencia
y es la caricia grata
que da la compañera.
Además de pedazo de tierra.

Es el hijo que nace igual que las espigas
y los granos de trigo.
Es la novia, la madre y el amigo.
Además de pedazo de tierra.

Es casi el corazón latiendo a gritos
en la paz de los patios.
Es algo que jamás se nos separa,
algo que está en nosotros.
Además de pedazo de tierra.

Es canto que se pega a los labios
como un beso del viento.

123

Es el temblor del agua en el invierno
y el verano sediento.

Un pedazo de tierra es compañía
porque es sangre y espíritu
y nos hace vivir
con la diafanidad de la poesía.

Un pedazo de tierra
es sepulcro
y es grata compañía...

ÓSCAR ACOSTA (1933)

El amor es presentado en su obra como eje en torno al cual se articulan las diferentes experiencias vitales. Desde sus primeros libros de madurez (*Poesía menor*, 1957; *Tiempo detenido*, 1962) se aprecia un tono de serenidad poco común entre los autores de su generación.

LAS CANCIONES

Una muchacha canta frente a un balcón su canto.
Una mujer dice en voz alta su amor
con un temblor de púdica y serena doncella.
Un niño repite la canción del gramófono
sin saber su significado y su intención.
Las canciones entonces van rodando
de casa en rosa, de calle en flor,
rodando siempre hasta hacer un universo
que nos recuerdan situaciones que vivimos,
espectros que las pronunciaron un día y en una
[hora;

amigos que las dijeron sin importarles en absoluto.
Las canciones se cantan sin el más leve asombro
porque emergen de una voz que creemos haber en-
[terrado.

CABELLO DE MUCHACHA

Tu cabello es de humo dorado,
una copa con un jugo encendido,
un caracol de ondeado vidrio,
una flor de bronce tímido.

Tu pelo existe, tiembla suavemente
cuando mi mano llega a su rocío,
cuando lo beso entusiasmado,
cuando llora como los niños.

Tu cabello es un odre con frío,
una estrella dulce, un pistilo
que lucha por ser lirio.

Es una paloma convertida en durazno,
una corona que alumbra con sus
cirios
y que calienta la sangre como el vino.

TULIO GALEAS (1942)

Es uno de los autores nuevos de más calidad de
entre la última poesía hondureña. Busca en su obra
imágenes y metáforas nuevas pero que no oscurez-
can la comprensión del texto. El doliente humanis-
mo hace que sus poemas logren unas altísimas cotas
de intensidad lírica.

VEO MI PATRIA

Veo mi patria, es triste,
incrédula, asustada,
como una gota de agua perdida en un incendio,
multiplicando arrugas,
antigua y desusada y
en un mundo que no le pertenece
como una vieja honda entre fusiles.

Y me duele su día arrinconado y sucio,
su color de sepulcro perfumado,
y el sabor a blasfemia que se arrolla en sus calles.

Solitaria, parece el lamento extraviado
de un planeta remoto, de un planeta
amasado con el odio y el fuego
de todos los infiernos presentidos,
de un planeta maldito que nos hizo
semejantes al hombre y a la tierra.

MÉXICO

JOSÉ GOROSTIZA (1901-1973)

Junto con Xavier Villaurrutia y Carlos Pellicer fue uno de los miembros más destacados del grupo de los «Contemporáneos», que trataba de recuperar el carácter universal de la poesía. Gorostiza representa la tendencia de la literatura más puramente espiritual, instalada en la belleza formal y el sombolismo. La muerte aparece con frecuencia en sus textos, pero lejos de ser una angustia individual, es presentada desde una perspectiva filosófica y social. *Canciones para cantar en las barcas* (1921) y *Muerte sin fin* (1939) son sus libros más difundidos.

126

LA ORILLA DEL MAR

No es agua ni arena
la orilla del mar.

El agua sonora
de espuma sencilla,
el agua no puede
formarse la orilla.

Y porque descanse
en muelle lugar,
no es agua ni arena
la orilla del mar.

Las cosas discretas,
amables, sencillas;
las cosas se juntan
como las orillas.

Lo mismo los labios,
si quieren besar.
No es agua ni arena
la orilla del mar.

Yo sólo me miro
por cosa de muerto;
solo, desolado,
como en un desierto.

A mí venga el lloro,
pues debo penar.
No es agua ni arena
la orilla del mar.

DIBUJOS SOBRE UN PUERTO
3. Nocturno

El silencio por nadie se quebranta,
y nadie lo deplora.
Sólo se canta
la puesta del sol, desde la aurora.
Mas la luna, con ser
de luz a nuestro simple parecer,
nos parece sonora
cuando derraman sus manos ligeras
las ágiles sombras de las palmeras.

MUERTE SIN FIN
(Fragmentos)

Lleno de mí, sitiado en mi epidermis,
por un dios inasible que me ahoga,
mentido acaso
por su radiante atmósfera de luces
que oculta mi conciencia derramada,
mis alas rotas en esquirlas de aire,
mi torpe andar a tientas por el lodo;
lleno de mí —ahíto— me descubro
en la imagen atónita del agua,
que tan sólo es un tumbo inmarcesible,
un desplome de ángeles caídos
a la delicia intacta de su peso,
que nada tiene
sino la cara en blanco
hundida a medias, ya, como una risa agónica,
en las tenues holandas de la nube
y en los funestos cánticos del mar
—más resabio de sal o albor de cúmulo
que sola prisa de acosada espuma.

128

No obstante —oh paradoja— constreñida
por el rigor del vaso que la aclara,
el agua toma forma.
En él se asienta, ahonda y edifica,
cumple una edad amarga de silencios
y un reposo gentil de muerte niña,
sonriente, que desflora
un más allá de pájaros
en desbandada.
En la red de cristal que la estrangula,
allí, como en el agua de un espejo,
se reconoce;
atada allí, gota con gota,
marchito el tropo de espuma en la garganta
¡qué desnudez de agua tan intensa,
qué agua tan agua,
está en su orbe tornasol soñando,
cantando ya una sed de hielo justo!
¡Más qué vaso —también— más providente
éste que así se hinche
como una estrella en grano,
que así, en la heroica promisión, se enciende
como un seno habitado por la dicha.
y rinde así, puntual,
una rotunda flor
de transparencia al agua,
un ojo proyectil que cobra alturas
y una ventana a gritos luminosos
sobre esa libertad enardecida
que se agobia de cándidas prisiones!

OCTAVIO PAZ (1914)

En la actualidad, Octavio Paz es la máxima figu-
ra de la lírica hispanoamericana. Sus obras en prosa

129

y ensayos de crítica literaria han servido para acrecentar la fama de este infatigable viajero. Su línea poética ha sufrido muchos quiebros, debidos, sin duda, a la facilidad que posee para asimilar los problemas del hombre de hoy; pero, en contra de lo que pudiera parecer, Octavio Paz no realiza una poesía fruto de la inmediatez del momento y por tanto «perecedera», sino que abstrae las nuevas situaciones para dotarlas de un carácter histórico y filosófico. *La estación sin fin* (1958), *Salamandra* (1962), *Topoemas* (1968), *Versiones y diversiones* (1973)...

AQUÍ

Mis pasos en esta calle
Resuenan
       En otra calle
Donde
     Oigo mis pasos
Pasar en esta calle
Donde

Sólo es real la niebla

CERTEZA

Si es real la luz blanca
De esta lámpara, real
La mano que escribe, ¿son reales
Los ojos que miran lo escrito?

De una palabra a la otra
Lo que digo se desvanece.
Yo sé que estoy vivo
Entre dos paréntesis.

130

SILENCIO

Así como del fondo de la música
brota una nota
que mientras vibra crece y se adelgaza
hasta que en otra música enmudece,
brota del fondo del silencio
otro silencio, agua torre, espada,
y sube y crece y nos suspende
y mientras sube caen
recuerdos, esperanzas,
las pequeñas mentiras y las grandes,
y queremos gritar y en la garganta
se desvanece el grito:
desembocamos al silencio
en donde los silencios enmudecen.

MAS ALLÁ DEL TERROR

Todo nos amenaza:
el tiempo, que en vivientes fragmentos divide
al que fui
                del que seré
como el machete a la culebra;
la conciencia, la transparencia traspasada,
la mirada ciega de mirarse mirar;
las palabras, guantes grises, polvo mental sobre la
yerba, el agua, la piel;
nuestros hombres, que entre tú y yo se levantan,
murallas de vacío que ninguna trompeta derrumba.
Ni el sueño y su pueblo de imágenes rotas,
ni el delirio y su espuma profética,
ni el amor con sus dientes y uñas nos bastan.
Más allá de nosotros,
en las fronteras del ser y el estar,

131

una vida más vida nos reclama.
Afuera la noche respira, se extiende,
llena de grandes hojas calientes,
de espejos que combaten:
frutos, garras, ojos, follajes,
espaldas que relucen,
cuerpos que se abren paso entre otros cuerpos.

PIEDRA DE SOL
(Fragmento)

Madrid, 1937,
en la Plaza del Angel las mujeres
cosían y cantaban con sus hijos,
después sonó la alarma y hubo gritos,
casas arrodilladas en el polvo,
torres hendidas, frentes escupidas
y el huracán de los motores, fijo:
los dos se desnudaron y se amaron
por defender nuestra porción eterna,
nuestra ración de tiempo y paraíso,
tocar nuestra raíz y recobrarnos,
recobrar nuestra herencia arrebatada
por ladrones de vida hace mil siglos,
los dos se desnudaron y besaron
porque las desnudeces enlazadas
saltan el tiempo y son invulnerables,
nada las toca, vuelven al principio,
no hay tú ni yo, mañana, ayer ni nombres,
verdad de dos en sólo un cuerpo y alma,
oh ser total...

132

EL FUEGO DE CADA DÍA

Como el aire
      hace y deshace
sobre las páginas de la geología,
sobre las mesas planetarias,
sus invisibles edificios:
          el hombre.
Su lenguaje es un grano apenas,
pero quemante,
      en la palma del espacio.
Sílabas son incandescencias.
También son plantas:
      sus raíces
fracturan el silencio,
      sus ramas
contruyen casas de sonidos.
      Sílabas:
se enlazan y se desenlaza,
      juegan
a las semejanzas y las desemejanzas.
Sílabas:
      maduran en las frentes,
florecen en las bocas.
      Sus raíces
beben noche, comen luz.
      Lenguajes:
árboles incandescentes
de follajes de lluvias.

Vegetaciones de relámpagos,
geometrías de ecos:
sobre la hoja de papel
el poema se hace
      como el día
sobre la palma del espacio.

133

JOSÉ EMILIO PACHECO (1939)

Indagador incansable de nuevas formas expresivas, Pacheco busca en el antirretoricismo y el experimento el nexo de unión entre el mundo real y el ideal. De su producción en verso destacan *El reposo del fuego* (1966), *Irás y no volverá* (1969), *Al margen* (1976) y *Desde entonces.*

LA MATERIA DESHECHA

*Vuelve a mi boca, sílaba, lenguaje
que lo perdido nombra y reconstruye.
Vuelve a tocar, palabra, el vasallaje
con tu propio fuego te destruye.*

*Regresa, pues, canción, hasta el paraje
en donde el tiempo acaba mientras fluye.
No hay monte o muro que su paso ataje:
lo perdurable, no el instante, huye.*

*Ahora te nombro, incendio, y en tu hoguera
me reconozco: vi en tu llamarada
lo destruido y lo remoto. Era*

*árbol fugaz de selva calcinada
palabra que recobra en su sonido
la materia deshecha del olvido.*

TRATADO DE LA DESESPERACIÓN: LOS PECES

*Siempre medita el agua del acuario
Piensa en el pez salobre y en su vuelo
reptante*
        breves alas de silencio

134

El entrañado en penetrables líquidos
pasadizos de azoque
                    en donce hiende
su sentencia de tigre
                    su condena
a claridad perpetua
                    o ironía
de manantiales muertos tras dormidas
corrientes de otra luz
                    Claridad inmóvil
aguas eternamente traicionadas
o cercenado río sin cólera
que al pensar sólo piensa en el que piensa
cómo hundirse en el aire
                    en sus voraces
arenales de asfixia
                    Ir hasta el fondo
del invisible oleaje que rodea
su neutral soledad
                    por todas partes

«ÔTOI QUE J'EUSSE AIMÉE...»

Y ahora una digresión Consideremos
esa variante del amor que nunca
      puede llamarse amor

Son aislados instantes sin futuro
En la ciudad donde estaré tres días
      nos encontramos
Hablamos cien palabras

Pero un brillo en los ojos un silencio
o el roce de las manos que se despiden
prende la luz de la imaginación

135

Sin motivo ni causa uno supone
que llegó pronto o tarde
y se duele
(«no habernos conocido...»)

E involuntariamente ocupas tu fiel nicho
en un célibe harén de sombra y humo

Intocable
incorruptible al yugo del amor
viva en lo que llamó De Rougemont
la posesión por pérdida

LA NOCHE NUESTRA INTERMINABLE

Mis paginitas, ángel de mi guarda, fe
de las niñeras antiquísimas,
no pueden, no hacen peso en la balanza
contra el horror tan denso de este mundo.
Cuántos desastres ya he sobrevivido,
cuántos amigos muertos, cuánto dolor
en las noches profundas de la tortura.

Y yo qué hago y yo qué puedo hacer.
Me duele tanto el sufrimiento de otros,
y apenas
intento conjurarlo por un segundo con estas hojitas
que no leerán los aludidos, los muertos ni los pobres
ni tampoco
la muchacha martirizada. Cuál Dios
podría mostrarse indiferente
a esta explosión, a esta invasión del infierno.
Y en dónde yace la esperanza, de dónde
va a levantarse el día que sepulte
la noche nuestra interminable doliendo.

136

NICARAGUA

PABLO ANTONIO CUADRA (1912)

Es el responsable, junto a José Coronel Urtecho, de la introducción en Nicaragua de las nuevas concepciones estéticas. La poesía de Cuadra aparece siempre como meditada, profunda, serena, íntima, estrechamente relacionada con su patria y su pueblo. Participó en el derrocamiento de Anastasio Somoza, hecho que le sirvió para ganar el reconocimiento extraliterario de los jóvenes poetas nicaragüenses. *Canciones de pájaro y señora* (1929), *Poemas con un crepúsculo a cuestas* (1949) y *El jaguar y la luna* (1959) están ya considerados como clásicos en Nicaragua.

PATRIA DE TERCERA

Viajando en tercera he visto
un rostro.
No todos los hombres de mi pueblo
óvidos, claudican.
He visto un rostro.
Ni todos doblan su papel en barquichuelos
para charco. Viajando he visto
el rostro de un huertero.
Ni todos ofrecen su faz al látigo del «no»
ni piden.
La dignidad he visto.
Porque no sólo fabricamos huérfanos,
o bien, inadvertidos,
criamos cuervos.
He visto un rostro austero. Serenidad
o sol sobre su frente
como un título (ardiente y singular).

Nosotros ¡ah! rebeldes
al hormiguero
si algún día damos
la cara al mundo:
con los rasgos usuales de la Patria
¡un rostro enseñaremos!

LEJANO RECUERDO CRIOLLO

Desde esta distancia a 125 leguas de recuerdo
conociendo que es tuyo el rastro que miro en el ca-
                              [mino de mis venas
como en la arena lenta la huella de un pie devota-
                              [mente sorprendido
que el viento pule y aligera cual la memoria de un
                              [pétalo.

Pero la ausencia es una noche que nos deja al margen
y galopa dudas apasionando su carrera tras de tus
                              [ojos.
Tu propia sumisión a veces me remuerde,
y la madrugada de tus mejillas
no despierta, ¡ay!, no despabila esta sombra
donde te duermes como una desconocida.
Desde aquí, voy reuniendo el rodeo de nuestras lu-
                              [nas afortunadas
ganadero de tus besos
y el fierro de tu abrazo candentemente adorable
asegura tu nombre con este ardor rumoroso
como un linaje de abejas.

Lejano es ya decir olvido.
Pero voy separándome como si persigo
la otra mujer
la otra siempre en que tú te ocultas
                    ¡casi innumerable!

138

EL ÁNGEL

De pie, con su estatura de recuerdo
limpio, como agua erguida a contraluz,
el enamorado de la mendicidad
construye mi biografía.
Amo este ser incansable que me hiere a silencios.
Mas, día y noche, como un perro macilento,
giro alrededor de mi paraíso
donde dejé mi nostalgia
ahora dulcemente mortal.
¡Si su espada, incandescente de memoria,
durmiera como mi sangre en sus noches!
Pero aquí estás
como álamo empecinado en tu exactitud,
poniendo tu ala lenta, casi fluvial,
sobre mi hombro,
sobre este lugar de carne deliberante y libertaria,
palpando si hay cruz,
si hay al menos un vago dolor cirineo,
y vuelves tu rostro,
tu faz poderosa, como una dalia con la fuerza
            intolerable del roble,
como una estrella, con la ira amotinada y luminosa
            del relámpago.

EL NACIMIENTO DEL SOL

He inventado mundos nuevos. He soñado
noches construidas con sustancias inefables.
He fabricado astros radiantes, estrellas sutiles
en la proximidad de unos ojos entrecerrados.
            Nunca, sin embargo,

repetiré aquel primer día cuando nuestros padres
salieron con sus tribus de la húmeda selva

139

y miraron al oriente. Escucharon el rugido
del jaguar. El canto de los pájaros. Y vieron
levantarse un hombre cuya faz ardía.
Un mancebo de faz resplandeciente,
cuyas miradas luminosas secaban los pantanos.
Un joven alto y encendido cuyo rostro ardía.
Cuya faz iluminaba el mundo.

ERNESTO CARDENAL (1925)

Las condiciones de sacerdote, marxista y Ministro de Cultura del primer Gobierno revolucionario han hecho de este poeta una persona conocida internacionalmente. Sin embargo, sus primeros reconocimientos vinieron dados por la difusión de *La ciudad deshabitada* (1946), *El conquistador* (1947) y *Epigramas* (1961), antes de ser sacerdote y revolucionario. Lucha, no sólo con la pluma, contra la ingerencia estadounidense en Centroamérica, denuncia los abusos de todo tipo, reclama justicia para los pobres, describe el mundo que le rodea... Cardenal es el poeta de Nicaragua. El tono de su obra se muestra accesible, sencillo, pero no por ello carente de profundidad. Junto a los libros citados, merecen especial atención *Salmos* (1959-64), *Homenaje a los indios americanos* (1972) y *Canto nacional* (1973).

COMO LATAS DE CERVEZA VACÍAS

Como latas de cerveza vacías y colillas
de cigarrillos apagados, han sido mis días.
Como figuras que pasan por una pantalla de televi-
                                                    [sión
y desaparecen, así ha pasado mi vida.

140

*Como los automóviles que pasaban rápidos por las
[carretaras
con risas de muchachas y músicas de radios...
Y la belleza pasó rápida, como el modelo de los
[autos
y las canciones de los radios que pasaron de moda.
Y no ha quedado nada de aquellos días, nada,
más que latas vacías y colillas apagadas,
risas en fotos marchitas, boletos rotos,
y el aserrín con que al amanecer barrieron los bares.*

DETRÁS DEL MONASTERIO, JUNTO AL CAMINO

*Detrás del monasterio, junto al camino,
existe un cementerio de cosas gastadas,
en donde yacen el hierro sarroso, pedazos
de loza, tubos quebrados, alambres retorcidos,
cajetillas de cigarrillos vacías, aserrín
y cinc, plástico envejecido, llantas rotas,
esperando como nosotros la resurrección.*

ORACIÓN POR MARILYN MONROE

*Señor
recibe a esta muchacha conocida en toda la tierra con
    el nombre de Marilyn Monroe
aunque ése no era su verdadero nombre
(pero Tú conoces su verdadero nombre, el de la huer-
    fanita violada a los 9 años
y la empleadita de tienda que a los 16 se había queri-
    do matar)
y que ahora se presenta ante Ti sin ningún maquillaje
sin su Agente de Prensa
sin fotógrafos y sin firmar autógrafos
sola como un astronauta frente a la noche espacial.*

141

*Ella soñó cuando niña que estaba desnuda en una
    Iglesia*
                        (según cuenta el Time*)*
*ante una multitud postrada, con las cabezas en el
    suelo*
*y tenía que caminar en puntillas para no pisar las
    cabezas.*
Tú conoces nuestros sueños mejor que los psiquiatras.
*Iglesia, casa, cueva, son la seguridad del seno materno
pero también algo más que eso...*
*Las cabezas son los admiradores, es claro
(la masa de cabezas en la oscuridad bajo el chorro
    de luz).*
*Pero el templo no son los edificios de la 20th Century-
    Fox.*
*El templo —de mármol y oro— es el templo de su
    cuerpo*
*en el que está el Hijo del Hombre con un látigo en
    la mano*
*expulsando a los mercaderes de 20th Century-Fox
que hicieron de Tu casa de oración una cueva de la-
    drones.*
*Señor
en este mundo contaminado de pecados y de
    radiactividad*
Tú no culparás tan sólo a una empleadita de tienda.
*Que como toda empleadita de tienda soñó ser estre-
    lla de cine.*
*Y su sueño fue realidad (pero como la realidad del
    tecnicolor).*
*Ella no hizo sino actuar según el scrip que le dimos
—El de nuestras propias vidas— Y era un scrip
    absurdo.*
*Perdónala Señor y perdónanos a nosotros
por nuestra 20th Century*

142

por esta Colosal Super-Producción en la que todos hemos
trabajado.
Ella tenía hambre de amor y le ofrecimos tranquilizantes.
Para la tristeza de no ser santos
se le recomendó el Psicoanálisis.
Recuerda Señor su creciente pavor a la cámara
y el odio al maquillaje —insistiendo en maquillarse en cada escena—
y cómo se fue hacien mayor el horror
y mayor la impuntualidad a los estudios.

Como toda empleadita de tienda
soñó ser estrella de cine.
Y su vida fue irreal como un sueño que un psiquia-tra interpreta y archiva

Sus romances fueron un beso con los ojos cerrados
que cuando se abren los ojos
se descubre que fue bajo reflectores
y se apagan los reflectores
y desmontan las dos paredes del aposento (era un set cinematográfico)
mientras el Director se aleja con su libreta
porque la escena ya fue tomada.
O como un viaje en yate, un beso en Singapur, un baile en Río
la recepción en la mansión del Duque y la Duquesa de Windsor

vistos en la salida del apartamento miserable.
La película terminó sin el beso final.
La hallaron muerta en su cama con la mano en el teléfono.
Y los detectives no supieron a quién iba a llamar.

143

Fue
como alguien que ha marcado el número de la única
voz amiga
y oye tan sólo la voz de un disco que le dice: WRONG
NUMBER
O como alguien que herido por los gángsters
alarga la mano a un teléfono desconectado.

Señor
quienquiera que haya sido el que ella iba a llamar
y no llamó (y tal vez no era nadie
o era Alguien cuyo número no está en el Directorio
de Los Ángeles)
                    contesta Tú el teléfono.

SALMO 7

Líbrame Señor
de la S.S. de la N.K.V.D. de la F.B.I. de la G.N.

Líbrame de sus Consejos de Guerra
de la rabia de sus jueces y sus guardias

Tú eres quien juzga a las grandes potencias
Tú eres el juez que juzga a los Ministros de Justicia
y a las Cortes Supremas de Justicia

Defiéndeme Señor del proceso falso
Defiende a los exiliados y los deportados
los acusados de espionaje y de sabotaje
condenados a trabajos forzados

Las armas del Señor son más terribles
que las armas nucleares
Los que purgan a otros serán a su vez purgados

144

Pero yo te cantaré a ti porque eres justo
te cantaré en mis salmos
en mis poemas

BELTRÁN MORALES (1946)

Pertenece a la llamada «Generación traicionada», que encarna los valores de libertad e inconformismo que surgen en la década de los sesenta. Su poesía, humana y solidaria, está orientada hacia la evolución sentimental. *Algún sol* (1969), *Aproximaciones* (1969), *Agua regia* (1970) y *Juicio final andante* (1977) son sus obras más conocidas.

CONSEJOS A UN JOVEN POETA

Puesto que ignoras demasiados mecanismos
y los que sabes te causan
desvelos desasosiegos sobresaltos
pesadillas diurnas y nocturnas
para reconciliarte con el mundo
atiende hijo mío a la voz de la experiencia:

Calla cuando hablen los mayores de la tribu
y no trates de interrumpirlos con finos modales
cosa fatal por dos razones: porque son
tus mayores y porque no te asiste la razón
directamente inspirada por el Espíritu Santo.

Aprende a leer el pensamiento de tu interlocutor
y sorpréndelo a base de ingenio y encanto personal.

Celebra chistes estúpidos y ensaya sonrisas
de complicidad con sátrapas y prelados.

145

*Deja en paz al señor Arzobispo quien ningún daño
ni perjuicio te ha ocasionado.*

*Endulza tu lengua y no repitas tan a menudo
la palabra hijo-de-puta.*

*Entrénate en caminar por las aguas sin hundirte
y en correr descalzo por cables de alta tensión.*

*Si adquirieras lo que te falta
y botaras lo que te sobra
otro gallo te cantara:*

*Bordarías en cálidas puntadas
un Diario del poeta recién casado
y a corto plazo triunfarías oh hijo de mi alma
en el certamen anual de arreglos florales.*

PANAMÁ

RICARDO MIRÓ (1883-1940)

Durante mucho tiempo fue considerado «el poeta» de Panamá, en parte porque empezó a escribir casi con el nacimiento de la nueva república —1903—, en parte porque con él llega el final del Modernismo. Su poesía, sobria, intimista y con un fuerte tono romántico, encontró el camino de una exaltación patriótica optimista y positiva. *Preludios* (1908), *La leyenda del Pacífico* (1919) o *Caminos silenciosos* (1929) se encuentran entre sus mejores obras, aunque fue «Patria» el poema que le dio la fama que dura hasta hoy.

146

PATRIA

¡Oh, Patria, tan pequeña, tendida sobre un Istmo,
donde es más claro el cielo y más vibrante el Sol!
En mí resuena toda tu música, lo mismo
que el mar en la pequeña selva del caracol.
Revuelvo la mirada, y a veces siento espanto
cuando no veo el camino que a ti me ha de tornar...
¡Quizá nunca supiera que te quería tanto,
si el Hado no dispone que atravesara el mar...!
¡La Patria es el recuerdo...! Pedazo de la vida,
envueltos en jirones de amor y de dolor,
la palma rumorosa, la música sabida,
el huerto ya sin flores, sin hojas, sin verdor.
La Patria son los viejos senderos retorcidos
que el pie, desde la infancia, sin tregua recorrió;
en donde son los árboles, antiguos conocidos
que al paso nos conversan de un tiempo que pasó.
En vez de estas soberbias torres con áurea flecha,
en donde un sol cansado se viene a desmayar,
dejadme el viejo tronco donde escribí una fecha,
donde he robado un beso, donde aprendí a soñar.
¡Oh, mis vetustas torres, queridas y lejanas,
yo siento las nostalgias de vuestro repicar!
He visto muchas torres, oí muchas campanas,
pero ninguna supo, ¡torres mías lejanas!
cantar como vosotros, cantar y sollozar.
¡La Patria es el recuerdo...! Pedazos de la vida,
envueltos en jirones de amor y de dolor;
la palma rumorosa, la música sabida,
el huerto ya sin flores, sin hojas, sin verdor.
¡Oh, Patria tan pequeña, que cabes toda entera
debajo de la sombra de nuesro pabellón!
¡Quizá fuiste tan chica para que yo pudiera
llevarte toda entera dentro del corazón!

147

HUMBERTO RAMOS MARUBA (1927)

Resulta un caso curioso dentro del mundo literario hispanoamericano: hace sólo unos años, muy pocos, empezó a difundir su obra. Esta actitud no es más que el resultado del largo proceso de depuración al que somete su obra. Como Juan Ramón Jiménez, trata de evitar el valor declarativo de la palabra para que ella, por sí misma, sea capaz de crear un universo poético de gran intensidad evocadora. *Las trovas del silencio florecido* (1946-82) recoge la casi totalidad de la breve obra de Humberto Ramos Aguilá, su verdadero nombre.

LAS TROVAS DEL SILENCIO FLORECIDO

Alero de lontananza
al final de tu recuerdo.
Allí donde todo olvido
se arrincona en los espejos.
A la puerta de los días
tu candor de agua con cielo
quedó, en virtud de las trovas
de mi florido silencio,
Dilsy ojimel, Dilsy azul
con bucles cascabeleros.

¡La veta de miel lunada
que te nacía del pecho
para aflorarte en la boca
—sumo abril—, cuyo minero
primicial no puede ser!
¡Y qué! Si aún tu cimbreño
corpiño —pomo de flor—
irrumpe, intacto, en mis versos,

148

Dilsy ojimel, Dilsy azul
con bucles cascabeleros.

Los pájaros que encendían
la luz de tu traje nuevo,
con cristal de aroma encuerdan,
en mi alma, tu alejamiento.
Que, al arraigo de tus ojos
tan reidoramente negros,
en mi corazón germinan
paisajes de sentimiento,
Disly ojimel, Dilsy azul
con bucles cascabeleros.

Es que tu llanto lo traigo
en la sangre, de otro tiempo.

Yo apenas lo continúo
con mi oscuro extrañamiento.
Es miraje de perfume,
linde de éxtasis secreto.
Y, olvidado, segurá
con mis cenizas corriendo,
Dilsy ojimel, Dilsy azul
con bucles cascabeleros.

RESTITUCIÓN
(Epitafio para un adolescente)

Muchacha, desprendido
el hilván de tu gracia,
en libertad quedaron
todas las mariposas
y las flores del mundo.

ROMANCE DE LA AURORA PREMATURA
EN TU POLLERA

Tu pollera —caracol
de luna en el tamborito—.
Tu blusa asume la forma
de una ternura de nidos.
—Mayólica embabuchada,
jazmín calzado— trillitos
bordan danzando tus pies,
de asombrado cuento niño.
Recién bañada, la tarde
torciendo estrellas y rizos,
bajó a engarzar en «trembleques»
todo el naranjal florido.
Aherrojado a tus argollas
este pobre amor cautivo,
y mi corazón, a falta
de monedas, por el piso.
¡Despliega tu pollerín,
despliégalo en abanico,
que, al centro de alucinada
rueda de gallos y hechizos,
a medianoche el rosal
de la aurora en ti ha salido!

AGUSTÍN DEL ROSARIO (1945)

La joven literatura panameña encuentra en Moravia Ochoa López, Manuel Orestes Nieto, Roberto Mackay y Agustín del Rosario, entre otros, una generación de poetas que va a llevar la lírica de su país a cotas muy altas. Agustín del Rosario describe una realidad circundante que es compleja y en muchos casos contradictoria, pero que conforma su propio

150

sentimiento vital. *De parte interesada* le sirvió para obtener en 1971 el Premio Nacional de Poesía «Ricardo Mirón».

CUALQUIER LUGAR DE LA CIUDAD

En los últimos años los hombres y las cosas
han envejecido casi un siglo
     —más que nuestra ciudad—
teniendo que correr a la
altura de las circunstancias
so pena de quedar al margen
     sí
     dirán algunos
cada generación for you my son
I write what we were trae y deja lo suyo
    sin embargo
    qué grupo hubo de ser aquel
    si hizo pacto con unos y otros
para dejarse más desnudos que una pena
/y esto es literatura barata/
sin modelo a seguir y ahora al doblar las esquinas
se enteran de las labores que restan por hacerse
   lástima en verdad que sea bastante tarde ya
   para que un strip-tease los justifique

PARAGUAY

HÉRIB CAMPOS CERVERA (1908-1953)

A pesar de sus largos períodos de exilio, Hérib Campos Cervera es el principal impulsor de la poesía paraguaya. Su obra aparece recorrida por un fuerte sentimiento de angustia que desemboca en la solidaridad como único camino de salvación. Tristeza,

151

melancolía y dolor son los temas dominantes de *Ceniza redimida* (1950) y *Hombre secreto* (1966), los dos únicos libros de un hombre cuya existencia fue dura y amarga.

Un hombre frente al mar

Es como yo: lo siento con mi angustria y mi sangre.
Hermoso de tristeza, va al encuentro del mar,
para que el Sol y el Viento le oreen de agonía.
Paz en la frente quieta; el corazón, en ruinas;
quiere vivir aún para morir más tiempo.

Es como yo: lo veo con mis ojos perdidos;
también busca el amparo de la noche marina;
también lleva la rota parábola de un vuelo
sobre su anciano corazón.

Va, como yo, vestido de soledad nocturna.
Tendidas las dos manos hacia el rumor oceánico,
está pidiendo al tiempo del mar que lo libere
de ese golpe de olas sin tregua que sacude
su anciano corazón, lleno de sombras.

Es como yo: lo siento como si fuera mía
su estampa, modelada por el furor eterno
de su mar interior.

Hermoso de tristeza,
está tratando —en vano— de no quemar la arena
con el ácido amargo de sus lágrimas.

Es como yo: lo siento como si fuera mío,
su anciano corazón, lleno de sombras...

152

ELVIO ROMERO (1926)

Para la mayor parte de la crítica, este es el lírico paraguayo de más calidad. De nuevo nos encontramos con el desarraigo que produce una vida dedicada a la denuncia social y política: los poemas de Elvio Romero han convertido a Paraguay en paradigma de las dictaduras latinoamericanas. En situación límite, el hombre y la búsqueda de la justicia sostienen el dolor existencial. *Días roturados* (1947), *El sol bajo las raíces* (1956), *Un relámpago herido* (1967) y *Los innombrables* (1970) son algunas de sus obras más representantivas.

FRATERNIDAD DEL FUSIL

Con mis dedos lo acaricio,
tenaz y fiel compañero.
Su inquebrantable amistad
me enseña como un ejemplo
lo que es lidiar sin flaquezas,
sirviendo de parapeto
contra las balas que llegan
buscando encontrar los cuerpos.

Con aspereza acaricio
su frío mental de acero,
oscuro túnel cargado
que en los minutos intensos
de la contienda enrojece,
se nombra y late en el fuego.

De inquebrantable amistad,
lo sé, lo palpo, lo siento:
lo comprendo cuando vamos

camino de bosque adentro,
y buscando su calor,
al caño negro me aferro.

¡Qué erguido cuando entre sombras
avanza mi regimiento!
¡Y qué recio cuando siente
orgulloso su desprecio
por los que enfrente se arrastran,
sigilosos y en acecho!
¡Qué firme cuando penetra
maleza, firme guerrero!

Este fusil es amigo
que me acompaña en el hecho
de sangre que se desata
por una verdad de pueblo.

Y cuando llega la noche
—posada en el campamento—
después de ver la jornada
de plomo en su caño experto
(sin que duerman esos hombres
tendidos sobre sus puestos),
reposa a mi lado, frío,
tenaz, a medias despierto
como yo, como los otros,
que no olvidamos el eco
de los pasos rezagados
del enemigo siniestro.

Lo acaricio con mis manos,
fusil gozoso en el duelo
terrible de la contienda;
siempre nombrado a un encuentro
de balas que al aire silban

154

sin dar al viento sosiego.
Entonces en la batalla
cuando se nombra a este pueblo,
se templa en un rojo vivo,
gozoso mira, y soberbio
perfila su boca negra
destacándose primero.
Lúcido hermano y amigo,
sobre mis brazos lo siento.

Ayer le dijo a la muerte:
—«No vengas, porque te espero;
que el pueblo desnudo y pobre
disputa, pleno de esfuerzos,
con fin de aplastar las ratas
cobardes, llenas de miedo.»

Lo palpo y lo siento mío,
parapeto de mi cuerpo.

ALEGRES ÉRAMOS...

Usted sabe, señor,
qué alegría colgaba en la floresta;
qué alegría severa
como raigambre sudorosa;
cómo el alegre polvo veraniego
fulguraba en su lámina esplendente,
cómo, ¡qué alegremente andábamos!

¡Qué alegremente andábamos!

Usted sabe, señor,
usted ha visto cómo
la lluvia torrencial sempiterna caía

sobre un textil aroma de bejucos salvajes
y cómo iba dejando con sus pétalos húmedos
su flora resbalosa,
su acuosa florería.

Usted sabe, señor,
cómo los sementales retozaban
hartos de florcer, jubilosos de hartazgo,
con qué poder la noche deponía
su amargura en la altura del rocío
tal como deponía la desdicha
su arma en las arboledas.

Usted sabe qué alegre
aflicción de racimos por las ramas
en frutal arco iris vespertino;
cómo alegres luciérnagas subían
a encender las estrellas,
a conducir azahares que estallaban
como emoción nupcial o lumbraradas.

Usted señor, señor,
que antes de que aquí se enseñoreara
la pobreza, frunciendo hasta las hojas,
desesperando el aire,
bien sabe, bien conoce
que cualquier miserable aquí podía
fortificar un canto en su garganta,
en su pecho opulento.

(¡Cómo podías reír, muchacha mía!
Juvenil, ¡cómo izabas
una sonrisa fértil como un grano,
cómo te coronaban los jazmines
y cómo yo apuntaba
mi vaso de fervor: ¡Qué alegres éramos!)

156

Antes,
antes de la amargura,
antes de que sorbiéramos
un caudaloso cáliz de indigencias boreales,
antes de que amarraran los perfumes,
que en su reverso el sol guardase el hambre,
¡qué alegres caminábamos!

Antes,
antes de que al aura ofendieran,
de arrancar la raíz sangrándole los bulbos,
antes del mayoral, del tiro, antes del látigo,
qué alegría, señor,
¡qué alegramente andábamos!

GUIDO RODRÍGUEZ ALCALÁ (1944)

En la disyuntiva entre el placer de vivir y el compromiso político se debate la obra de Rodríguez Alcalá. Sin embargo, el poeta acaba siempre por inclinarse del lado de los perseguidos. Destacan de entre sus obras *Viento oscuro* (1969) y *Apacible fuego* (1966).

POEMA 3

¡Ah! Verano,
siento tu piel caliente
sonreírme a la sangre
maliciosa...
¡Ah!, de las tardes
junto a un lago magnífico y amigo,
las rameras azules y encarnadas
el dúo sonriente,

157

las pieles placenteras
de limpia arena y sol.
Y en run-run de las lanchas
jugando con el agua.

No me tientes, amigo,
hoy no puedo escucharte
con el duro fusil y la mochila
oprimiéndome el hombro...
¡Oh!, ten paciencia, y guárdame tus soles
cuando otro sol la vida me señale.

PERÚ

CÉSAR VALLEJO (1893-1938)

De origen indio y español, Vallejo representa (junto a Neruda, Nicolás Guillén...) una de las más altas cimas de la poesía hispanoamericana. Su procedencia humilde y provinciana no le impidió formarse a sí mismo para crear una obra original. Trata de expresar lo inefable, lo que sobrepasa la razón, el sentimiento profundo. Las dislocaciones sintácticas y semánticas son su recurso predilecto. El mundo que quiere expresar está basado en el desajuste, por lo que nada mejor que desajustar también su medio expresivo para alcanzar a comprenderlo. Dios tampoco sirve como punto de referencia válido en la búsqueda de la armonía; el ser humano está solo, desamparado, desesperanzado. La obra de Vallejo se nos presenta, así, como la de un hombre que trata de profundizar en sí mismo y en su entorno. Obras más representativas: *Los heraldos negros* (1918), *Tril-*

158

ce (1922), *Poemas humanos* (1939) y *España, aparta de mí este cáliz* (1939).

LOS HERALDOS NEGROS

Hay golpes en la vida, tan fuertes... ¡Yo no sé!
Golpes como del odio de Dios; como si ante ellos,
la resaca de todo lo sufrido
se empozara en el alma... ¡Yo no sé!

Son pocos; pero son... Abren zanjas oscuras
en el rostro más fiero y en el lomo más fuerte.
Serán tal vez los potros de bárbaros atilas;
o los heraldos negros que nos manda la Muerte.

Son las caídas hondas de los Cristos del alma,
de alguna fe adorable que el Destino blasfema.
Esos golpes sangrientos son las crepitaciones
de algún pan que en la puerta del horno se nos quema.

Y el hombre... Pobre... pobre. Vuelve los ojos, como
cuando por sobre el hombro nos llama una palmada;
vuelve los ojos locos, y todo lo vivido
se empoza, como charco de culpa, en la mirada.

Hay golpes en la vida, tan fuertes... ¡Yo no sé!

ESPERGESIA

Yo nací un día
que Dios estuvo enfermo.

Todos saben que vivo,

159

que soy malo; y no saben
del diciembre de ese enero.
Pues yo nací un día
que Dios estuvo enfermo.

Hay un vacío
en mi aire metafísico
que nadie ha de palpar:
el claustro de un silencio
que habló a flor de fuego.

Yo nací un día
que Dios estuvo enfermo.

Hermano, escucha, escucha...
Bueno. Y que no me vaya
sin llevar diciembres,
sin dejar eneros.

Pues yo nací un día
que Dios estuvo enfermo.

Todos saben que vivo,
que mastico... Y no saben
por qué en mi verso chirrían,
oscuro sinsabor de féretro,
luyidos vientos
desenroscados de la Esfinge
preguntona del Desierto.
Todos saben... Y no saben
que la Luz es tísica,
y la Sombra gorda...
Y no saben que el Ministerio sintetiza...
que él es la joroba
musical y triste que a distancia denuncia
el paso meridiano de las lindes a las Lindes.

160

Yo nací un día
que Dios estuvo enfermo,
grave.

XIV

¡Cuídate, España, de tu propia España!
¡Cuídate de la hoz sin el martillo,
cuídate del martillo sin la hoz!
¡Cuídate de la víctima a pesar suyo,
del verdugo a pesar suyo
y del indiferente a pesar suyo!
¡Cuídate del que, antes de que cante el gallo,
negárate tres veces,
y del que te negó, después, tres veces!
¡Cuídate de las calaveras sin las tibias,
y de las tibias sin las calaveras!
¡Cuídate de los nuevos poderosos!
¡Cuídate del que come tus cadáveres,
del que devora muertos a tus vivos!

¡Cuídate del leal ciento por ciento!
¡Cuídate del cielo más acá del aire
y cuídate del aire más allá del cielo!
¡Cuídate de los que te aman!
¡Cuídate de tus héroes!
¡Cuídate de tus muertos!
¡Cuídate de la República!
¡Cuídate del futuro...!

XV

ESPANA, APARTA DE MI ESTE CÁLIZ

Niños del mundo,
si cae España —digo, es un decir—

161

si cae
del cielo abajo su antebrazo que asen,
en cabestro, dos láminas terrestres;
niños, ¡qué edad la de las sienes cóncavas!
¡qué temprano en el sol lo que os decía!
¡qué pronto en vuestro pecho el ruido anciano!
¡qué viejo vuestro 2 en el cuaderno!

¡Niños del mundo, está
la madre España con su vientre a cuestas;
está nuestra maestra con sus férulas,
está madre y maestra,

cruz y madera, porque os dio la altura,
vértigo y división y suma, niños;
está con ella, padres procesales!
Si cae —digo, es un decir—, si cae
España, de la tierra para abajo,
niños, ¡cómo vais a cesar de crecer!
¡cómo va a castigar el año al mes!
¡cómo van a quedarse en diez los dientes,
en palote el diptongo, la medalla en llanto!
¡Cómo va el corderillo a continuar
atado por la pata al gran tintero!
¡Cómo vais a bajar las gradas del alfabeto
hasta la letra en que nació la pena!

Niños,
hijos de los guerreros, entretanto,
bajad la voz, que España está ahora mismo repar-
                                            [tiendo
la energía entre el reino animal,
las florecillas, los cometas y los hombres.
¡Bajad la voz, que está
con su rigor, que es grande, sin saber
qué hacer, y está en su mano

162

la calavera hablando y habla y habla,
la calavera, aquella de la trenza,
la calavera, aquella de la vida!

¡Bajad la voz, os digo;
bajad la voz, el canto de las sílabas, el llanto
de la materia y el rumor menor de las pirámides y aun
el de las sienes que andan con dos piedras!
¡Bajad el aliento, y si
el entebrazo baja,
si las férulas suenan, si es la noche,
si el cielo cabe en dos limbos terrestres,
si hay ruido en el sonido de las puertas,
si tardo,
si no veis a nadie, si os asustan
los lápices sin punta; si la madre
España cae —digo, es un decir—
salid, niños del mundo; id a buscarla...!

CARLOS GERMÁN BELLI (1927)

Conserva de sus inicios surrealistas el pesimismo
ante la vida. Belli inserta su obra en la tradición lite-
raria española, pero aporta el énfasis en el sarcas-
mo, la paradoja y la ironía, elementos propios del
que vive el mundo de manera angustiosa o desespe-
ranzada. *Oh hada cibernética* (1962), *Por el monte
abajo* (1966) y *Sextinas y otros poemas* (1970) son
sus obras más conocidas.

¡OH ALIMENTICIO BOLO...!

¡Oh alimenticio bolo, mas de polvo!
¿quién os ha formado?

Y todo se remonta
a la tenue relación
entre la muerte y la huracán,
que estriba en que la muerte alisa
el contenido de los cuerpos,
y el huracán los lugares
donde residen los cuerpos,
y que después convierten juntamente
y ensalivan
tanto los cuerpos como los lugares,
en cuál inmenso y raro
alimenticio bolo, mas de polvo.

¡OH HADA CIBERNÉTICA...!

¡Oh Hada Cibernética!, ya líbranos
con tu eléctrico seso y casto antídoto,
de los oficios hórridos y humanos,
que son como tizones infernales
encendidos de tiempo inmemorial
por el crudo secuaz de las hogueras;
amortigua, ¡oh señora!, la presteza
con que el cierzo sañudo y tan frío
bate las nuevas aras, en el humo enhiestas,
de nuestro cuerpo ayer, cenizas hoy,
que ni siquiera pizca gozó alguna,
de los amos no ingas privativo
el ocio del amor y la sapiencia.

QUE MUY PRONTO MAÑANA...

Que muy pronto mañana, y no más ya,
volar suelto por el etéreo claustro,
y al ras del agua y del voraz fuego,

164

bajo el gran albedrío deleitoso
de las cien mil partículas ocultas,
y deste bulto al fin sin nudo alguno,
liberados de litros,
metros y kilos viles,
que tras de tales casos sólo hay,
como aferrado a las entrañas hondas,
atroz infierno o insondable abismo.

Estos trabajos tan mortificantes,
y nunca nada bien por más empeño,
malgastando los días de la vida
en vela y aun en sueño atesorado,
por relatar en elegante verso
inalcanzable amor, y no poder,
que codiciarlo fiero
día tras día en balde,
en tanto entre los vientos hacia el Sur,
desesperadamente sin vivirlos,
los dulces ratos se van uno a uno.
Y todo ello que permanezca allá,
tal como amurallado alcázar lejos,
en cuyo sitio sepultado yazga
el cuerpo de ese bulto ya sin alma,
que conoció tan sólo la querella
desde la cuna al último suspiro,
por venturoso en vano
en los senos del orbe,
pues todo ello recuerdos vagos sean,
no en seso ahora azul eternamente,
sino entre tantos versos mal habidos.

Nunca más en el crudo suelo aquél,
y en cambio remediado acá vivir
gozando todo el tiempo ayer ajeno,
en dentro de las ondas dondequiera

165

de fuego y agua y aire no visibles,
por vez primera conociendo así,
bajo el sumo linaje
de faz entreverada
todos los seres mudos de aquel suelo,
y en compañía finalmente habiendo
los deleites del cielo allá encubiertos.

EL AIRE, SUELO Y AGUA...

El aire, suelo y agua son testigos
de que las penas siguen todavía,
aun cuando bella dama está cercana.

Que acaso fieros hados enemigos
en el redor gobiernan día a día,
y el aire, suelo y agua son testigos.

Así cada vez mucho más lejana
la dicha por ajena nunca mía,
ni cuando bella dama está cercana.

Pues sus cabellos de dorados trigos
qué inalcanzables como solar vía,
y el aire, suelo y agua son testigos.

Ansiar en vida es siempre cosa vana,
que al final nada hay cuanto más se ansía,
aun cuando bella dama está cercana.

Entre seres extraños nunca amigos,
yazgo en los antros de la noche fría,
y el aire, suelo y agua son testigos,
aun cuando bella dama está cercana.

166

JORGE PIMENTEL (1944)

En los últimos veinte años han proliferado en Perú grupos poéticos que tienden a uniformizar las diferentes tendencias estéticas. «Estaciones reunidas», «Grupo Gleba» y «Hora Zero» han alcanzado ya un gran prestigio. Jorge Pimentel es fundador del movimiento «Hora Zero», que trata de responder con una literatura actual a las nuevas situaciones que se le presentan al hombre de hoy. *Proposición para 2.000 años de poesía* (1973) y *Del cordano a trocadero* (1976) figuran entre sus mejores libros.

MUERTE NATURAL

Me estoy muriendo mordí el anzuelo, caí en las
[trampas
estúpidamente, y ahora me contradigo con facili-
[dad,
me extravío, me pierdo, y con la luz de un lampa-
[rín
cruzos puentes rústicos donde nadie me espera,
donde no hay lugar preciso para mi cara que ya dejó
de ser columpio o lecho de fresas.
Me estoy muriendo, mordí el anzuelo, caí en las
[trampas
al tratar de entender lo que pasaba
al tratar de medir el alcance del engaño, la crueldad
[servida
masivamente, matanzas que desbordaron los océanos
en montañas de cuerdos ofrendados como un sacri-
[ficio, como un rito
del que nunca participé, cuando nuestra inquietud
era otra o consistía en entender, si esas sombras dis-
[puestas

167

al alba, eran para ser besadas, o simplemente para
observar su evolución en la forma cimbreante y
[espectacular
del relámpago.
Y todas fueron trampas a la larga mortales para nos-
[otros,
sobre todo al tratar de explicarnos las siglas
que se multiplicaban como abanicos, como colas de
[pavo real

ESSO ITT IPC GULF UNITED FRUIT SHELL

adentrándonos en interrogaciones que nos llevaron
[a descubrir
al culpable de cuanto pudiera estar sucediéndonos.
Y fue como perdimos la nariz, los ojos y nos arran-
[caron las
extremidades, y perdimos las orejas, otros extraviaron
la risa en la mesa de las operaciones. A mi madre
[también la
persiguieron hasta que dieron con ella y nunca más
alcancé a verla claramente; la enclaustraron en una
[oficina.

Tengo noticias que a mi padre lo sacrificaron en una
[Cía.
de aguas gaseosas. Trabajó hasta su muerte, hasta
[que
decidieron sacrificarlo amarrándole un tigre a la es-
[palda
hasta que chille, y luego ardió y sus cenizas araña-
[ron
las paredes de cualquier cantina repleta de aserrín, de
[discos
de Paul Anka y la Sonora Matancera, como una des-
[pedida

168

como un último brindis; y aquella fue la hora más
[solitaria del mundo.

PUERTO RICO

LUIS PALÉS MATEOS (1898-1959)

Heredero de Luis Lloréns Torres y Evaristo Ribera Chevremont, Palés Matos crea una obra muy singular. Sus poemas dan cuenta de una visión objetiva del mundo; el autor recoge la música y el ritmo para dejar de lado casi siempre su particular punto de vista. La cotidianedidad, unida a la exaltación del sentimiento del negro, encuentra sitio en la mayor parte de poemas que compone. Recoge su obra completa en *Poesía 1915-1956* (1957).

PUEBLO

¡Piedad, Señor, piedad para mi pobre pueblo
donde mi pobre gente se morirá de nada!
Aquel viejo notario que se pasa los días
en su mínima y lenta preocupación de rata;
este alcalde adiposo de grande abdomen vacuo
chapoteando en su vida tal como en una salsa;
aquel comercio lento, igual, de hace diez siglos;
estas cabras que triscan el resol de la plaza;
algún mendigo, algún caballo que atraviesa
tiñoso, gris y flaco, por estas calles anchas;
la fría y atrofiante modorra del domingo
jugando en los casinos con billar y barajas;
todo, todo el rebaño tedioso de estas vidas
en este pueblo viejo donde no ocurre nada,
todo esto se muere, se cae, se desmorona,
a fuerza de ser cómodo y de estar a sus anchas.

169

¡Piedad, Señor, piedad para mi pobre pueblo!
Sobre estas almas simples, desata algún canalla
que contra el agua muerta de sus vidas arroje
la piedra redentora de una insólita hazaña...
Algún ladrón que asalte ese Banco en la noche,
algún Don Juan que viole esa doncella casta,
algún tahúr de oficio que se meta en el pueblo
y revuelva estas gentes honorables y mansas.

¡Piedad, Señor, piedad para mi pobre pueblo
donde mi pobre gente se morirá de nada!

PRELUDIO EN BORICÚA

Tuntún de pasa y grifería
y otros parejeros tuntunes.
Bochinche de ñañiguería
donde sus cálidos betunes
funde la congada bravía.

Con cacareo de maraca
y sordo gruñido de gongo,
el telón isleño destaca
una aristocracia macaca
a base de funche y mondongo.

Al solemne papalúa haitiano
opone la rumba habanera
sus esguinces de hombro y cadera,
mientras el negrito cubano
doma la mulata cerrera.

De su bachata por las pistas
vuela Cuba, suelto el velamen,
recogiendo en el caderamen
su áureo niágara de turistas.

170

*(Mañana serán accionistas
de cualquier ingenio cañero
y cargarán con el dinero...)*

*Y hacia un rincón —solar, bahía,
malecón o siembre de cañas—
bebe el negro su pena fría
alelado en la melodía
que le sale de las entrañas.*

*Jamaica, la gorda mandinga,
reduce su lingo a gandinga.
Santo Domingo se endominga
y en cívico gesto imponente
su numen heroico respinga
con cien odas al Presidente.
Con su batea de ajonjolí
y sus blancos ojos de magia
hacia el mercado viene Haití.
Las antillas barloventeras
pasan tremendas desazones,
espantándose los ciclones
con matamoscas de palmeras.*

*¿Y Puerito Rico! Mi isla ardiente,
para ti todo ha terminado.
En el yermo de un continente,
Puerto Rico, lúgubremente,
bala como un cabro estofado.*

*Tuntun de pasa y grifería
este libro que va a tus manos
con ingredientes antillanos
compuse un día...*

*... y en resumen, trempo perdido.
que me acaba en aburrimiento.*

171

Algo entrevisto o presentido,
poco realmente vivido
y mucho de embuste y de cuento.

DANZA NEGRA

Calabó y bambú.
Bambú y calabó.

El Gran Cocoroco dice: tu-cu-tún.
La Gran Cocoroca dice: to-co-tó.
Es el sol de hierro que arde en Tombuctú.
Es la danza negra de Fernando Poo.
El cerdo en el fango gruñe: pru-pru-prú.
El sapo en la charca sueña: cro-cro-cró.
Calabó y bambú.
Bambú y calabó.

Rompen los junjunes en furiosa u.
Los gongos trepidan con profunda o.
Es la raza negra que ondulando va
en el ritmo gordo del mariyandá.
Llegan los botucos a la fiesta ya.
Danza que te danza la negra se da.

Calabó y bambú.
Bambú y calabó.
El Gran Cocoroco dice: tu-cu-tú.
La Gran Cocoroca dice: to-co-tó.

Pasan tierra rojas, islas de betún:
Haití, Martinica, Congo, Camerún;
las papiamentosas antillas del ron
y las patualesas islas del volcán,
que en el grave son
del canto se dan.

172

Calabó y bambú.
Bamú y calabó.
Es el sol de hierro que arde en Tombuctú.
Es la danza negra de Fernando Poo.
El alma africana que vibrando está
en el ritmo gordo del mariyandá.

Calabó y bambú.
Bambú y calabó.
El Gran Cocoroco dice: tu-cu-tú.
La Gran Cocoroca dice: to-co-tó.

JULIA DE BURGOS (1918-1953)

Las tensiones políticas que provoca la relación de Puerto Rico con los Estados Unidos hacen que el sentimiento de la tierra sea uno de los más desarrollados en la poesía puertorriqueña. Julia de Burgos tiene unas vivencias muy íntimas de su país en *Poemas en veinte surcos* (1938) y *El mar y tú y otros poemas* (1958).

LLUVIA ÍNTIMA

Las calles de mi alma andan desarropadas.
La emoción va desnuda tras la sombra acostada del
[anhelo.
Hay vientos azotando cercano a mi conciencia.

El cielo de mi mente amenaza estallar,
para soltar el hondo dolor amontonado en noches
[inocentes,
sobre el otro dolor de ser ola sin playa donde repo-
[sar lágrimas.

173

Mi dolor va vendado de llanto entre mis ojos,
busca mares de espíritu donde navegar íntimos
motivos de tragedia,

quiere crecer, crecer,
hasta doblarme el grito,
y derrumbarme en ecos por la tierra.

POEMA CON LA TONADA ÚLTIMA

¿Qué a dónde voy con esas caras tristes
y un borbotón de venas heridas en mi frente?

Voy a despedir rosas al mar,
y a deshacerme en olas más altas que los pájaros,
a quitarme caminos que ya andaban en mí como
[raíces...
Voy a perder estrellas,
y rocíos,
y riachuelos breves donde amé la agonía que arrui-
[nó mis montañas
y un rumor de palomas
especial,
y palabras...
Voy a quedarme sola,
sin canciones, ni piel,
como un túnel por dentro, donde el mismo silen-
[cio se enloquece y se mata.

IVÁN SILÉN (1944)

Toma partido en el problema político de Puerto
Rico y forma parte del grupo que se reúne en torno
a la revista «Zona de carga y descarga». El interés

174

que muestra Silén por la obra de César Vallejo hace que busque nuevas formas expresivas para sus poemas y nuevas soluciones para resolver los problemas de su país. *Después del suicidio* (1970) y *El pájaro loco* (1972) son sus libros de poemas más significativos.

LA CANCIÓN DEL EXILIO
(Fragmento)

Las postales sobre Nueva York
anuncian la mentira,
Nueva York es dos mundos
al mismo tiempo,
dos mundos que se atacan por el sueño
mientras los trenes nos cruzan el corazón,
nos dividen,
nos hacen irreconciliables
como a la noche y al día,
aunque sabemos que encontramos
por el crepúsculo
la cara del crimen,
donde hemos visto
que la realidad es infinita,
que la realidad es irreal en ella misma
(hasta la muerte),
donde han colocado
los ataúdes del pueblo,
la historia del pueblo,
los niños del pueblo,
donde han colocado
la basura sobre el sueño,
y se han besado los extranjeros
con besos sucios,
se han acostado en camas infectadas,

mientras las niñas rubias
meditan en los parques
de los asesinos,
y en los subterráneos
asaltan al amor,
le arrancan los ojos y
le inyectan heroína
cuando los trenes pasan
por la madrugada,
por la noche vieja
y sucia del humo.

REPÚBLICA DOMINICANA

MANUEL DEL CABRAL (1907)

Sus inicios estuvieron vinculados a un sentimiento muy inmediato y profundo de la tierra que le cobija, pero poco a poco va aumentando sus zonas de interés para llegar a elaborar unos poemas decididamente universales. Profundiza en sí mismo y encuentra los temas por excelencia: el amor, la obra y la búsqueda del sentido existencial. Aunque nunca gustó de vanguadismos, utiliza cualquier recurso que considere válido para expresar lo que quiere. Recoge la totalidad de sus excelentes versos en *Obra poética completa* (1976).

CAMINA

Camina el jefe del pueblo
después de beber café.
Y una vez que no se ve,
grita al oído:

176

—Mire, jefe, que hay un hombre
que allí está herido.

—Lo sé.

Camina el jefe del pueblo
después de beber café.

Y vuelve la voz y dice:
—Jefe, que un hombre no ve;
tiene llanto entre los ojos,
y tiene plomo en los pies.

—Lo sé.

Sigue caminando el jefe
después de beber café.
Y la misma voz le grita:
—Murió un hombre allí de sed.
¿Qué haremos ahora jefe?

—Que haga pronto el hoyo usted.

Y el jefe sigue su rumbo,
pero también
el jefe sigue pensando...

Piensa sólo a qué hora es
la otra taza
de café...

NEGRO SIN ZAPATOS

Hay en tus pies descalzos: graves amaneceres.
(Ya no podrán decir que es un siglo pequeño.)

177

El cielo se derrite rodando por tu espalda:
húmeda de trabajo, brillante de trabajo,
pero oscura de sueldo.

Yo no te vi dormido... Yo no te vi dormido...
aquellos pies descalzos
no te dejan dormir.

Tú ganas diez centavos, diez centavos por día.
Sin embargo,
tú los ganas tan limpios,
tienes manos tan limpias,
que puede que tu casa sólo tenga:
ropa sucia,
catre sucios,
carne sucia,
pero lavada la palabra: Hombre.

LA CARGA

Mi cuerpo estaba allí... nadie lo usaba.
Yo lo puse a sufrir... le metí un hombre.
Pero este equino triste de materia
si tiene hambre me relincha versos,
si sueña, me patea el horizonte;
lo pongo a discutir y suelta bosques,
sólo a mí se parece cuando besa...
No sé qué hacer con este cuerpo mío,
alguien me lo alquiló, yo no sé cuándo...
Me lo dieron desnudo, limpio, manso,
era inocente cuando me lo puse,
pero a ratos,
la razón me lo ensucia y lo adorable...
Y quiero devolverlo como me lo entregaron;
sin embargo,
yo sé que es tiempo lo que a mí me dieron.

178

ANTONIO FERNÁNDEZ SPENCER (1923)

Las obras de Fernández Spencer, sobre todo *Vendaval interior* (1944), *Bajo la luz del día* (1953) y *Diario del mundo* (1959), reflejan un fuerte sentimiento de angustia vital. La muerte recorre con frecuencia los poemas convirtiéndose en un elemento atrayente y repudiado al mismo tiempo. El poeta trata de reflejar lo que sucede a su alrededor y allí sólo encuentra desamor, soledad o muerte.

ASÍ LA VIDA ES HOY

He amanecido. ¡Qué raro estar vivo otra vez!
Se lo pregunto con ternura a mi mesa de trabajo.
Ella no sabe nada. ¿Estoy vivo, por qué?
Y es raro sentir el hueso que te besa un poco
bajo mis fuertes labios de varón.

¡Qué raro tengo el mismo peso de otros días amargos!
El camino es muy largo y la vida muy corta.
Ella no sabe nada. ¡La pobre vida a golpes va
                                      [pasando!
Me enamoré una vez; en el bolsillo tuve su retrato
lleno de primavera y de jamás.

Todos los días me asomo a la ventana
y veo que la vida está muy bella, que es imposible
                                              [estar
en otra primavera. Al sur daré mi corazón;
será alondra cada gota de sangre de su voz.
Está tranquilo. Calla bajo el sol.

He amanecido. ¡Qué raro que mis ojos
vean, llenos de amanecer que estoy ya vivo!

La primavera, ¿dónde está?
Tal vez la tenga en el retrato aquél
lleno de tiempo. Así la vida es hoy...

LA MUERTE

La muerte viene, sí, con resplandores,
con el hueso del hombre de la esquina;
trae las discusiones del periódico, la política
y el nudo aquél del vino
que ahogaba, a voces, al gendarme.

La muerte vieno, hoy, ejemplar, enérgica
en el desgarrón de este mi solo traje;
se le cayó un botón a la dulce camisa de mi amigo
y en él la muerte estaba, sudorosa,
con su cálculo máximo, matemática,
comiéndose al botón,
las coles, las manzanas de esta venta.

Y las pobres mujeres, los soldados,
la vieron tercamente pararse en las esquinas
y decirles: «No hay paso para ustedes»,
enseñando su cuerpo de hojas secas,
sus huesos sin milagros, su alma seca.

MIGUEL ALFONSECA (1942)

La situación política de la República Dominicana
viene marcando el devenir literario a los escritores
nacidos a partir de la década de los veinte. Miguel
Alfonseca es uno de los autores que se opuso a la
dictadura no sólo con su obra, sino que también co-
laboró con las «Brigadas Dominicanas». La obra de

Alfonseca incita al cambio de actitud y a la reflexión social. Varios de sus poemas aparecen recogidos en la antología *Poesía rebelde de América* (1974).

A LOS QUE TRATAN DE IMPONER EL BOZAL

Ahora quieren imponer el bozal
a mis cantos templados en fuelles de la guerra.
Los que pidieron la muerte,
los que pidieron el degüello de retoños,
los que lloraron en sus camas, junto al whisky,
en los rincones de sus casas sin luz de sangre nueva.
Los que paraban las orejas
para escuchar el gemido de los moribundos
y entonces en sus jardines brindaban
con una sonrisa donde no cabían los dientes.
Los que maldecían la sed del pueblo,
la búsqueda del agua,
sus poros abiertos a la primavera.
Los que furiosos derribaron mariposas
porque no tuvieron que enterrar un muerto.

Los que se crispaban como anciana hojarasca
porque al amanecer después de las matanzas
se oían el canto ronco de los hombres,
se oían los pasos de los hombres sobre las calles re-
                                    [beldes
y luego de los enterramientos
se escucaban los besos del amor en medio de crujien-
                                    [tes escombros.
Esos ahora quieren imponer el silencio.

181

URUGUAY

JUANA DE IBARBOUROU (1895-1979)

Junto a la chilena Gabriela Mistral, se encuentra en el mundo de partida de la poesía compuesta por mujeres en el siglo XX. Los orígenes modernistas de su obra anunciaban un sentimiento de optimismo cosmológico ligado a la inmediatez de lo natural y lo sencillo. Sin embargo, el paso de los años supone un alejamiento progresivo de los supuestos modernistas y la aparición de la muerte como síntoma de amargura. De la juventud agradable pasa a la madurez reflexiva: los temas de la soledad, la melancolía y la muerte se imponen a la naturaleza amable y la maternidad. *Las lenguas de diamante* (1919) y *Raíz salvaje* (1922) dan cuenta de su primer optimismo vital; *La rosa de los vientos* (1930) y *Perdida* (1950) expresan ya su madurez sentimental.

LA TARDE

He bebido del chorro cándido de la fuente.
Traigo los labios frescos y la cara mojada.
Mi boca hoy tiene toda la estupenda dulzura
de una rosa jugosa, nueva y recién cortada.

El cielo ostenta una limpidez de diamante.
Estoy ebria de tarde, de viento y primavera.
¿No sientes en mis trenzas olor de trigo ondeante?
¿No me hallas hoy flexible como una enredadera?

Elástica, de gozo cual un gamo he corrido
por todos los ceñudos senderos de la sierra.
Y el galgo cazador que me guía, rendido,
se ha acostado a mis pies, largo a largo en la tierra.

182

¡Ah, qué inmensa fatiga me derriba a la grama
y abate en tus rodillas mi cabeza morena,
mientras que de una igleisa campesina y lejana
nos llega un lento y grave llamado de novena!

EL ALBA

¡El alba! Escucha: el alba.
Canta en mi corazón la alondra eterna.
Y en los nuevos ramajes de la aurora
Están tejiendo con la luz difusa
Los fabriles gusanos de la seda.

¡El alba, escucha el alba!
Sobre mi sueño sueñas tan seguro
Que no me atrevo a interpelar al agua
Ni al viento ni a la muerte. Me enternece
El profundo sentido de la vida
Que de ti para mí se expande y crece.

El alba, el alba, el alba sin relojes,
El alba primitiva e inocente
Que abren los graves ángeles veloces,
Y el amor poderoso y desvelado
Como una flor del aire entre las horas
Del día de oro, flor de azahar, venado,
Gajo de agua intemporal, dorado.

CAÍN

Tuve la rosa, el ruiseñor, el río
En que danzaban los azules peces;
Tuve la leche de las blancas reses
En las mieladas albas del estío.

183

Tuve el amor, la risa, el sueño mío,
El himno envuelto a las jocundas preces
Y el ángel de oro, centinela a veces,
Del giratorio sol de mi albedrío.

Caí de bruces en la seca tierra;
Empecé a conocer tristeza y guerra,
A ser el despojado y el proscrito.

Miré hacia Dios y me cegó su niebla.
Me levanté jadeante en la tiniebla
Y sobre el mundo comenzó mi grito.

MARIO BENEDETTI (1920)

Desarrolla su labor literaria en el ámbito de la narrativa, la crítica y la poesía. En los tres campos el autor mantiene una constante: la lucha contra la opresión. Los poemas de Benedetti, recogidos en *Inventario* (1980), llegan al lector como la voz de un hombre comprometido con su tiempo y su país.

DACTILÓGRAFO

Montevideo quince de noviembre
de mil novecientos cincuenta y cinco
Montevideo era verde en mi infancia
absolutamente verde y con tranvías
muy señor nuestro por la presente
yo tuve un libro del que podía leer
veinticinco centímetros por noche
y después del libro la noche se espesaba
y yo quería pensar en cómo sería eso
de no ser de caer como piedra en un pozo

comunicamos a usted que en esta fecha
hemos efectuado por su cuenta
quén era ah sí mi madre se acercaba
y prendía la luz y no te asustes
y después la apagaba antes que me durmiera
el pago de trescientos doce pesos
a la firma Menéndez & Solari
y sólo veía sombras como caballos
y elefantes y monstruos casi hombres
y sin embargo aquello era mejor
que pensarme sin la savia del miedo
desaparecido como se acostumbra
en un todo de acuerdo con sus órdenes
de fecha siete del corriente
era tan diferente era verde
absolutamente verde y con tranvías
y qué optimismo tener la ventanilla
sentirme dueño de la calle que baja
jugar con los números de las puertas cerradas
y apostar consigo mismo en términos severos
rogámosle acusar recibo lo antes posible
si terminaba en cuatro o trece o diecisiete
era que iba a reír o a perder o a morirme
de esta comunicación a fin de que podamos
y hacerme tan sólo una trampa por cuadra
registrarlo en su cuenta corriente
absolutamente verde y con tranvías
y el Prado con caminos de hojas secas
y el olor a eucaliptus y a temprano
saludamos a usted atentamente
y desde allí los años y quién sabe.

DESILUSIÓN ÓPTICA

Desde lejos parece
metido en sus costumbres incendiarias

185

un simple monstruo por aclamación
sádico pero lleno de coraje
pundonoroso arcángel con linterna
y una presencia de ánimo irrompible
verdugo con chorretes de justicia
intransigente como un gigoló
semidiós inflexible poderoso
con puños puñetazos y puñales
honesto como el mar o el terremoto
equitativo como una epidemia
tan popular como la misma muerte
ah pero de cerca es tan distinto
un débil un guiñapo un inseguro
imán de temblorosas pesadillas
un cornudo ideológico o social o somático
o sea un cornudo propiamente dicho
alguien que teme y teme en varios planos
verbigracia por la virginidad
de su cofre y también de sus hijitas
la propiedad privada de sus rezos
la empresa occidental de su prostíbulo
la antigüedad de su conciencia hectárea.

CRISTINA PERI ROSSI (1941)

Comparte con Benedetti el compromiso político y el interés por las novelas y relatos —es autora de varias obras de indudable calidad—. El componente social aparece sabiamente entremezclado en sus poemas con los datos autobiográficos. La búsqueda de nuevas formas expresivas y la ironía son sus dos características estilísticas más relevantes. Entre sus libros de poemas más destacados figuran *Evohé* (1971), *Diáspora* (1976) y *Ritual de navegación* (1977).

186

POEMA

Blanca.

Si espuma,
si paloma.
Echada desde siempre
en un acceso de la playa
región de los espíritus
donde se dan cita las arenas
y tiembla el viento entre los árboles.
Tiembla el viento y las arenas cantan.

Como si toda la calma del mundo
se hubiera alojado en su cuerpo, sobre su piel,
para tenerla así,
muda,
blanca,
estacionada,
aliviada del tiempo
de citas y de ciudades.

Monda. Lisa e imberbe como una estatua,
sin más vello que una leve pelusa en el pubis,
como una brisa,
donde quedan atrapados los labios
el viento la tarde el calor y el llanto.
—Agua salada que bebí entre sus piernas—.

POEMA

Hacia el lenguaje de piedras refulgentes
signos todos zodiacales
de tu rostro manuscrito
para la animación de la frase
en la cadera montañosa

187

para el vaivén de la nave pendular
de tu memoria
se necesita esta alegoría de viaje
iniciado nunca terminado
De ti a tus recuerdos,
¿quién es que va,
quién es que vuelve?

VENEZUELA

MIGUEL OTERO SILVA (1908)

En 1928 surge en Venezuela un movimiento basado en el compromiso político y la indagación lingüística que propiciaban las vanguardias. Otero Silva participa activamente en la lucha contra el dictador Juan Vicente Gómez, hecho que le llevó al exilio. La lucha política está presente en su obra, pero ello no impide que aparezcan también las inquietudes existenciales. En cuanto al estilo, huye del formalismo vacío para insertarse en las fórmulas tradicionales. Recoge la totalidad de sus libros de poemas en *Obra poética* (1976).

HALLAZGO DE LA PIEDRA

Hallazgo de la piedra:
la piedra es el rescate de formas y volúmenes
que fueron soterrados por el talón del viento.

Paráfrasis del lirio:
el lirio es el desquite de yerbales y frondas
que extinguieron sus verdes en el barro del lirio.

188

Génesis de la lluvia:
la lluvia es el repliegue de arroyos y esteros
que asaltaron el cielo por la arcada del sol.

Venero de una voz:
tu voz, joven poeta iluminado,
trazador de epiciclos, descubridor de orbes,
esa voz que te brota de la insólita entraña
es resaca de gritos de los poetas muertos.
Es la cal de los huesos de los poetas muertos,
blanca semilla que germina sobre tu corazón.

VICENTE GERBASI (1913)

Pertenece, como Otero Silva, a la llamada «Generación del 28», cuyo vehículo de expresión fue la revista «Viernes». Gerbasi produndiza en el destino del hombre convirtiéndole en el tema central de su obra. La gran sensibilidad que demuestra en sus poemas le lleva a una visión simbólica de la realidad y a indagar en torno a la espiritualidad del paisaje o las cosas. *Vigilia del naufragio* (1937), *Mi padre el inmigrante* (1945) y *Tirano de sombra y fuego* (1967) figuran entre sus obras más significativas.

MI PADRE, EL INMIGRANTE
(Fragmento)

Venimos de la noche y hacia la noche vemos.
Atrás queda la tierra envuelta en sus vapores,
donde vive el almendro, el niño y el leopardo.
Atrás quedan los días, con lagos, nieves, renos,
con volcanes adustos, con selvas hechizadas,
donde moran las sombras azules del espanto.

189

Atrás quedan las tumbas al pie de los cipreses,
solos en la tristeza de lejanas estrellas.
Atrás quedan las glorias como antorchas que apagan
ráfagas seculares.
Atrás quedan las puertas quejándose en el viento.
Atrás queda la angustia con espejos celestes.
Atrás el tiempo queda como drama en el hombre:
engendrador de vida, engendrador de muerte.

El tiempo que levanta y desgasta columnas,
y murmura en las olas milenarias del mar.
Atrás queda la luz bañando las montañas,
los parques de los niños y los blancos altares.
Pero también la noche con ciudades dolientes,
la noche cuotidiana, la que no es noche aún,
sino descanso breve que tiembla en las luciérnagas,
o pasa por las almas con golpes de agonía,
la noche que desciende de nuevo hacia la luz,
despertando las flores en valles taciturnos,
refrescando el regazo del agua en las montañas,
lanzando los caballos hacia azules riberas,
meintras la eternidad, entre luces de oro,
avanza silenciosa por prados siderales.
A veces caigo en mí, como viniendo de ti,
y me recojo en una tristeza inmóvil,
como una bandera que ha olvidado el viento.
Por mis sentidos pasan ángeles del crepúsculo,
y lentos me aprisionan los círculos nocturnos.
Venimos de la noche y hacia la noche vamos.
Escucha. Yo te llamo desde un reloj de piedra,
donde caen las sombras, donde el silencio cae.

190

LUIS ALBERTO CRESPO (1941)

Desde mediados de siglo la poesía venezolana goza de una vitalidad envidiable. Uno de los más jóvenes valores es, sin duda, el autor que nos ocupa. Luis A. Crespo trata de plasmar sus vivencias íntimas a través de imágenes plásticas que poseen la fuerza de lo trascendente. La poesía, así, se torna breve y evocadora: cada palabra transmite un mundo cerrado en sí mismo. Recoge sus libros de poemas en *Costumbres de sequía* (1977).

COSTUMBRES

Bajo el cielorraso cargado de lluvias
están los comerciantes y sus arreos de burro,
los de mercancías que hacen dormir.
Dejan una vejez en mis servicios,
y el polvero en los puentes
llevándole a uno las lejanías.
Trajeron una guitarra. La vi quemándose en el patio.
Y caminar, caminar,
hasta el río terminado en una piedra.
El agua me tiró lejos. Más allá
se borraban colinas y colinas.
Así toda la noche:
el cuerpo envuelto en aceite,
en sábana blanca
un tiempo llevado por las tejas,
a los quince años de vivir
creyendo estar en todas partes,
de querer ropas para volar
y la luna me pasaba silbando por la cara.

PESADILLA

Un tiempo feo, después de insolación o cansancio:
Levantarse tirado afuera por el temporal,
esa música de cuerdas, el ventarrón
que trae la montaña hasta la puerta,
toda mi familia en los relámpagos.
Nunca se acabó este ruido,
ni el de los muertos barriendo sobre mí, buscando
                                   [en los baúles
donde el sol no toca fondo.
El aguacero hace brincar al infierno,
y tal vez haya un baúl enterrado detrás de los
                                     [armarios.
En esta casa, el balcón sigue la raya del horizonte
y un relámpago se lleva a mi mamá bien lejos.
No puedo abrir los ojos. La casa en la calle,
el cuarto de mi papá en los basureros
abierto como una lata.

HERENCIAS

De cuidar su hundido en la hamaca,
el tizne, el carbón de mi tía

Los ojos picados de culebra
de mi hermano Alcides

Tenso en el patio
cuando suena la iglesia

La llave en el balcón
como un cuchillo

Si hay chirrido de puerta
trago saliva para no decir tu nombre.

192

Printed in the United States
19580LVS00006B/127-132